大魚讀品
BIG FISH BOOKS

让日常阅读成为砍向我们内心冰封大海的斧头。

再次仰望星空

ONCE MORE WE SAW STARS

[美] 杰森 · 格林（Jayson Greene）—————— 著
赵文伟 —————— 译

北京联合出版公司
Beijing United Publishing Co.,Ltd.

图书在版编目（CIP）数据

再次仰望星空 / (美) 杰森 · 格林著；赵文伟译
. -- 北京：北京联合出版公司 . 2021.3
ISBN 978-7-5596-4474-9

Ⅰ . ①再… Ⅱ . ①杰… ②赵… Ⅲ . ①纪实文学—美
国—现代 Ⅳ . ① I712.55

中国版本图书馆 CIP 数据核字（2020）第 159800 号

北京市版权局著作权合同登记号　图字：01–2020–5509 号

再次仰望星空

作　　者：[美] 杰森 · 格林
译　　者：赵文伟
出 品 人：赵红仕
责任编辑：高霁月

北京联合出版公司出版
（北京市西城区德外大街 83 号楼 9 层　100088）
嘉业印刷（天津）有限公司印刷　新华书店经销
字数 143 千　880 毫米 × 1230 毫米　1/32　8 印张
2021 年 3 月第 1 版　2021 年 3 月第 1 次印刷
ISBN 978–7–5596–4474–9
定价：48.00 元

献给格丽塔和哈里森

引导人和我走上隐秘的路，再回到光明的世界；

我们并不休息，我们一步一步向上走，他在前，我在后，

直走到我从一个圆洞口望见了天上美丽的东西；

我们就从那里出去，再看见那灿烂的群星。

——但丁·阿利吉耶里《神曲·地狱篇》

目录

ONE >>> THE ACCIDENT

一 / 意外

从哪儿讲起呢，宝贝？就从我们一起发明的一个傻傻的游戏开始吧。对他人，那些游戏毫无意义，对我们，却意味着一切。曾有那么半个小时，我们把一栋楼房外面的坡道当成电梯。你用手指按住一块砖头，我嘴里发出哔哔声。我说：“电梯下行！”你便笑着跑下坡道。这个游戏就是这么玩的。这就足够了。

还有，我们在海滩上。你两岁。这之前，你只见过一次海滩，那时你十四个月大。你不喜欢海滩。无处躲避的烈日照在你身上，仿佛侵入了你半透明的婴儿的皮肤（你和你母亲一样讨厌阳光直射）。起初，手下和脚下移动的沙子令你着迷，但很快，你便不安起来。地面从未粘在你身上，也没给过你不可靠的感觉。涛声隆隆。你蜷缩在我怀里，蠕动着。

后来，你大了，不怕了。你穿了条绿色的条纹连衣裙，外面套了件红色的圆点点羊毛开衫，头戴一顶亮红色的帽子，左手拿着从海滨木板路上的摊贩那里买来的杧果串。我抱着你走过康尼岛码头。我脱下鞋，把你放下，你的脚上穿着小鞋子。你跑开了，小心地拿着杧果串，不让它碰到身上。我跟在你后面走。

对你来说，海洋是巨大的，我感觉到小孩子在面对广阔世界时所感受到的敬畏和恐惧。你抬头看我，我微笑着；我看起来并不害怕。我把鞋脱了，指着它们说，愿意把你的鞋脱下来吗？你的眼神若有所思，然后点了点头。我们一起走向那不可思议的海洋之口。潮湿的沙子是冷的，这时才五月。颗颗沙粒闪着光。“看哪，宝贝，有只贝壳。”我指着你的脚说。你弯下身，伸出手，把它从湿漉漉的沙子里抠出来。那是一个贝壳碎片，正好能夹在你小小的拇指和食指间。贝壳尖上沾着一小团沙子。你把它举到我面前，咧着嘴笑，我装出讨厌它的样子。

“呃！！！”你发出那种带喉音、鼻音、极富感染力的咯咯的笑声。潮水涌来，来到我们脚边。这是你生命中唯一一次感觉到新鲜的海水漫过你的脚趾。

那块砖头从曼哈顿上西区八楼一户人家的窗台落下。当时格丽塔和她外婆正坐在门前的一张长凳上。她们正在聊昨晚一起看的一出戏——儿童节目《火车宝宝》的真人秀。演出里，会说话的火车车厢帮助他们的朋友可可在脱轨后回到正轨。

“可可卡住了！”格丽塔一遍又一遍地喊道。后来，我岳母告诉我们，那一刻似乎嵌在她的脑子里了。险境的简单和呼救的深刻令她震惊。

记者采访了住在那层楼的老妇人的护工——老妇人的窗台杀死了一个两岁的孩子。即便是在印刷品上，我仍能从她的声音中感觉到令人作呕的惊奇，她对世界的险恶和纷乱有了新的领悟：“仿佛一股邪恶的力量伸出了手……”

我们把易通卡忘家里了，我和斯泰西开车去威尔·康奈尔医学院的急诊室，开到隧道口才想起来。车靠近时，拦车杆没有抬起，我们差点直接闯过去。收费站的人想跟语无伦次、歇斯底里、妨碍交通的我们算账。

“我们的女儿出了严重的事故！”斯泰西冲他喊。

他盯着我们身后的空座，一脸不解。“她在哪儿？”他问。

“和我母亲在一起！”斯泰西说。我们身后的车越聚越多，喇叭声响个不停。

“拜托，她在医院。”我插话道，“请让我们过去吧。”

他摆手让我们过去。“可别出事故了！”栏杆抬起时，他对着我们的车窗喊。

二十分钟前，我们才接到斯泰西母亲苏珊的电话。“天哪，杰森，太可怕了。”她上来就说，接着，她粗略地描述了一下当时的情景：两块砖头，现场有医护人员。苏珊在后面第二辆救护车上，格丽塔在第一辆车上，她们已经在去医院的路上了。苏珊也被砸到了，砸在腿上。

“格丽塔在哪儿？”我问。

“她在楼上。”苏珊说，“她在自主呼吸。他们告诉我，她在自主呼吸。”

她的声音模糊不清，令人迷惑，我们还听到其他嗡嗡的说话声，医护人员在向她打听情况。苏珊身后有个男人打断她，大声问她问题。我从她支吾的回答中听出，她正在努力地厘清头绪。

“苏珊，请告诉我，”我坚定而又缓慢地说，“砖头砸到格丽塔哪儿了？是砸在她头上了吗？”当我说出“头”这个词时，我感觉到某种东西，一种我尚不熟悉的来自本源的东西，击碎了我的声音。

“砸在她头上了，是的。”苏珊说。我扭头把这个消息大声告诉斯泰西，她本能地尖叫了一声。

“我的宝贝女儿。”她喊道，抽搐般地啜泣起来。

我们沿着公路开车，路似乎没有尽头，一路上，我和斯泰西都没有谈论任何细节。她伸出手，抓住我的手掌心，声音颤抖着说：“她肯定没事。她必须没事。别无可能。”

我们把车交给泊车员，跑进大厅。我们来到保安跟前，我又说了一遍，第二遍：“我们的女儿出事了，她在急诊室。”我看着他的表情变得柔和起来，当你把这个消息告诉别人时，你就会知道这意味着什么了。

“我很遗憾。”他说，然后摆手示意我们进去。

急诊室入口，危机的痕迹清晰可见，随之而来的流言弥漫大厅，我感觉我们在其间穿行。我听到我左边有人问：“他们就是那个孩子的父母？”我的某个部分记住了“父母”这个称呼的残酷。上面有一个医护人员急迫地向我们招着手。

我们跟着医护人员进了拐角的一个房间，大概十二平方米大，中间摆着一张桌子，医生护士们聚集在周围。中间就是格丽塔，衣服脱到只剩尿布，她小小的，可怜见的，眼睛闭着，嘴巴张着。医疗组成员抬起她的胳膊和腿，她就像一只袜子玩偶。我记得自己看见了她的上腭和珍珠般的牙齿。我不记得她头上有伤，我的脑子要么不肯注意到伤口，要么干脆把它抹杀掉了。

有些东西，你是用身体看见的，而不是眼睛。我走开，感觉某种东西蒸发了，或许是我的一点灵魂，一碰即燃。我更轻了，不知怎么的，突然，我不再是十足的我了，仿佛有一只巨钻正对我敲骨吸髓。我瞥了一眼斯泰西，她坐在走廊的椅子上，面如死灰，一动不动，我看到生命力同样在离开她的躯体。苏珊在另一条走廊里，躺在担架上，在我们的视线之外。我们只能等待。

我掏出手机，给我在新奥尔良度假的父母打电话。我先打了我母亲的手机，没人接。我就给她留了言。我从服务台这头走到那头，打我父亲的手机，语音留言。打我哥哥的手机，语音留言。我仿佛掉进了一个虫洞，或者坠入了时间的裂缝，我不知情的亲朋好友住在上面。在他们的时间线上，格丽塔还好好的。

终于接电话的是我哥哥约翰。我试图把情况的严重性传达给他，我听得出，他没听明白，或者不想听明白。

“哦，杰，我很难过。”他说。他的声音里充满同情，他的反应仿佛是小时候受的那种司空见惯的小伤，任何年轻的父母都会遇到这种可怕但短暂的时刻。“我很同情你，伙计。绝对不会更糟了。我记得安娜”——他八岁的女儿——“被狗咬过。那是我一生中最糟糕的一天。你感觉自己是那么的无能为力。”

我试着在电话里强调自己不祥的预感。“很严重，约翰。”我说。

“她会好起来的。”他告诉我，我听到他安慰的话语里有一丝恳求。我还不太清楚是怎么回事。但当我再次走进去时，我看到急救医生焦虑的表情，已经想象到一幕可怕的场景，格丽塔失去活力的身体，小鸟似的，软绵绵地躺在巨大的桌子上。

“不，约翰，”我阴沉地说，“不，我想她好不了了。”

创伤治疗组急忙把格丽塔推到另一条走廊里做 CAT 扫

描[1]，这样能看出她颅脑损伤的深度和严重程度。她脑子里那些宝贵的东西正处于怎样的状态？我和斯泰西已经在默默地计算。格丽塔很早就会说话，她对狗狗着迷，我和斯泰西开玩笑——等她长大到能说“我想要一只小狗”这样完整的句子时，我们就给她弄一条狗。当她十四个月大，把这句话说给我们听时，我们哈哈大笑，然后提高了最低要求（“爸爸，妈妈，我非常想要一只狗，而且我保证会帮着遛它、喂它”）。“得再过段时间。”我们解释道。我们曾经相信，我们有时间。

CAT 扫描显示她脑出血，她被急忙推进急诊手术室。显然，出血很严重，他们没派一个人来向“父母”汇报她的最新情况。在急诊室外无休无止地等了很久后，我找到负责我们这事的社工，几分钟前，有人带我们见过他一面，例行公事地做了介绍。他手里拎着个塑料袋，把袋子递给斯泰西，那里面是格丽塔金色的凉鞋，血迹斑斑。斯泰西接过袋子，没什么反应，任它在身侧晃荡。“我们的女儿在哪儿？”我问。

社工敲了敲 CAT 扫描室那扇蓝色的大门，然后犹犹豫豫地推开门，空的，里面只有一个医护人员。

我们被领到另一层楼，坐在那儿，等待，没精打采地给

1 计算机 X 射线轴向分层造影扫描。——本书注释若无特殊说明均为译者注

朋友和亲人发短信。

我们的密友丹尼和伊丽莎白来了，伊丽莎白无助地拎着一袋三明治，袋子晃来晃去，这种时候，你既不能空手来，又没有什么东西好给。我们还在分诊时，斯泰西就给他们发了短信："格丽塔受伤了，我不知道她能不能好起来。"

对于所有朋友的生活难题，这两个人永远是最先响应的。汽车还在鸣笛，警戒线还拉着，他们就会第一时间出现在现场。他们一直过着真正的城市波西米亚人那种乱糟糟的生活，他们那个两居室都快被几千本书、奇怪且过时的小摆设，以及他们早慧的五岁女儿克拉拉制作的上百件艺术品压塌了。参加聚会时，他们会迟到，蓬着头，红着脸，提到某种不可思议到令人惊掉下巴的情况，伊丽莎白会摆一下手，嘟囔一句："别问了。"然而，只要在他们慷慨的生活圈子里，有谁哪怕遇到一丁点不幸，他们都会放下同时兼顾的几件事，陪在你身旁。他们只是两个人，但他们来了，你却感觉被包围着。我们见过他们为许多朋友、熟人，乃至素昧平生之人履行一个朋友应尽的责任。现在轮到我们了。伊丽莎白把装三明治的袋子放在地上，无言地拥抱了我们。

接着，斯泰西的哥哥杰克和他交往了九年的女朋友莱斯利也来了，他们神色悲戚，满面泪痕。他们一边一个坐在斯泰西身旁，斯泰西抱膝坐着。从那一刻起，我几乎什么都不记得了，只记得我们座位的那个角落的形状，还有站在电梯附近的两个警探模糊的身影，他们是从事故现场过来的。其余的——时间过去了多久，我对斯泰西或杰克说了什么，我是否曾起身上厕所，我是否发过短信告诉什么人这个消息，我是否说过什么特别的话——都如同一枚硬币滑入黑暗的水中。

我在想格丽塔，我知道，她即使活下来，身体也会受损。我想象抚养自己孩子的空壳，她的身体不断长大，思想却闪着微弱的光。我想到再也听不到她说话了。我想到轮椅、住家护理，一个趴在那里、不能说话的成年的格丽塔占据着我们的备用卧室。我还想了一下花费——我们该如何承受这个负担？

外科医生终于出现了。我们迟钝地站起身。他酷似电视剧里神经外科医生的形象：身材瘦削、头发灰白、眼窝深陷、太阳穴也有点凹陷。手术服下的他似乎完全由软骨组成。

他低下骨瘦如柴的身子，坐在我们旁边的椅子上，把十指交叉的双手夹在两膝间。“我希望能告诉你们更好的消息。为了将她的脑部隆起来，我们摘除了尽量多的头骨，不过，出血相当严重。”

我感觉他在措辞时尽量谨慎，而且严格：我们虚假的希望是阻碍，他的职责是连根拔起，不留后患。

“您的意思是，她的康复只能是……奇迹？”斯泰西问。

“我想是这样，是的。”他回答道。他看着我们，语言简洁，眼神悲伤。他又说，这次声音更低了，“遇到这种情况，我希望自己是错的。”

我们被要求去医院的另一个侧翼，等待护士们让格丽塔的情况稳定下来。苏珊穿着病号服，坐着轮椅出来了，她双腿青肿、面如死灰，眼神疲惫、苍凉、迷惑，让我联想到深陷老年痴呆症的病人。出了大事，她的眼睛说，但事太大了，我也想不明白是怎么回事。

她看见我们的那一刻就抽抽搭搭地哭了起来，身体蜷缩在椅子里，好像我们的眼神使她枯萎了。斯泰西跑过去，跪下来。

“这不是你的错，”她轻声对苏珊说，“这不是你的错。”

苏珊趴在她肩上，哭得像个小孩，直到逐渐平静下来。

我们都安定下来，等待着。我们右边有一个鱼缸，把痛苦的我们和过道、医院的喧闹分隔开。那袋三明治放在桌子上，没人理。

“有人饿了吗？”最后，伊丽莎白问，这个问题仿佛向冰冷的空气中呼出一口白气。

斯泰西漠不关心地戳了戳装三明治的袋子。“可能有点儿吧，这些三明治是哪儿来的？”斯泰西对食物的喜爱强烈且纯粹到有时候连她自己都烦，到了这个时候都没变，所有人忍不住轻声笑起来。

“在科罗拉多买的，一个特别高档的特产市场。”伊丽莎白说，接着，她面露微笑，又说，“这可是我们精心挑选的。有莳萝鸡、烤牛肉，都没放蛋黄酱。”

斯泰西的心情好了一些，身子向前倾。她打开袋子，开始挨个检查三明治，她掀开纸盒盖，两根手指捏住上面那层面包，看下面肉和奶酪的分布，确认没有蛋黄酱，并寻找是否有可怕的生洋葱。当她表演这个过分讲究且烦琐的小仪式时，伊丽莎白开始大笑，突然，我们也都笑了。

“妈妈，想要一个三明治吗？”斯泰西咯咯笑着，微微喘着粗气说，“真的特别好吃。”

我们坐着吃起来，纸盒丢在周围，忘了接下来要撕开芥末袋和卷成团的餐巾袋。寂静又回来了，时间灰色的阴霾向前延伸，没有最新消息，恐惧再次开始消耗我们的精神。

我们知道格丽塔要死了，我们都知道，尽管我们尚未允许这个想法进入意识层面。我们还没准备好让它在我们的潜意识里横冲直撞，四处烧杀抢掠，但我们听到了咣咣的敲门声。我们环顾四周，意识到，这是我们看曾经熟悉的世界的最后一眼。接下来，不论来的是什么，都会将一切夷为平地。

三个小时后，重症监护室那个随时待命的儿科李医生出来找我们了。她按了一个按钮，几扇门唰唰打开，我们走进儿童重症监护室。在接下来的四十八小时里，这个地方将成为我们的中阴界，我们死亡和过渡的地方。我们的女儿在左翼的一个房间，李医生却带着我们沿右翼走，进入一个小房间，角落里摆着一盆假植物，一张咖啡桌旁摆着三把椅子，桌上放着几个格兰诺拉燕麦棒。

她坐下来，注视着我们。她的目光严肃、体贴、慈悲。“最令人无法想象的事发生在格丽塔身上了。”她说道，“她的状况很稳定，但脑损伤太严重，永远也醒不过来了。”她停顿了一下，然后用更轻的声音说，“我认为她的预后将是致命的。”

“我想让你们知道，”我们啜泣时，她又柔声说，“头部肿得很厉害。进去看她之前，你们应该有心理准备。”她坐在那儿默默地听我们的心在那个房间里裂开的声音。然后，她站起身：“你们准备好进去的时候告诉我一声。”

我们走进格丽塔的房间。现在我们明白了，我们是来见我们死去的孩子最后一面。她的小脸黄黄的，闪着静脉液体的光，她的脑壳肿胀、发青，中央有几根可憎的钢钉。我们站在床两侧，一人握着她的一只手。

“嗨，小猴子，”我妻子说，“我们在一块儿的时间不太多。待的时间还不够，对不对？”

聚在床边的工作人员默默地看着我们。斯泰西上前调整什么东西时，一个工作人员用指尖碰了一下她的手腕，“你们俩很了不起。”她小声说了一句，便退了回去。当我们的家人成为焦点时，我能感觉到他们对我们的柔情悄悄进入这个房间。格丽塔不再是一个他们花了好几个小时徒劳地试图使其稳定下来的身体。她是我们的，我们也是她的。

护士们处理那些管子的时候，我们正给她唱摇篮曲。我差点给她拍了照片，毕竟，我是父亲，这么做有道理可讲。我记录了她生命中的每一个阶段，每一套衣服、每一个新游戏场，或者街区周围的每一条人行道，把它们保存下来，我沉浸在悲伤中，觉得这一次也是同样的。一个护士温柔地拦住了我。

我的父母正在登机。那之前，我打了五通电话，母亲才终于接起，当时她正在纳齐兹的内河船上。她只说了个“不”字。语气平静，且坚定，她哭了，那种听天由命的哭，当你感觉一场败仗已无可挽回的哭。

我在格丽塔床边看手机时看到这样一条信息：“有新情况吗？我们要登机了。”

我盯着那条信息，我不能让他们听不到消息就上飞机，也不能告诉他们我的女儿死了。我只是回复：“情况并不好。”

我母亲回复：“我们悲伤至极。”然后，他们就在天上了，切断了一切联系，大概他们也在独自沉思，就像现在的我们。

我们坐在那里，看着格丽塔的肺叶随着机器向内部充气而浮动。她刚出生那几个月，我们有个神经质的习惯，时刻检查她是否还在呼吸。有时候，夜里，斯泰西会把她从婴儿床里抱出来，放在胸脯上，她们就这样同步呼吸。

第一次带她出门时，我们把她裹得暖暖和和、舒舒服服的，斯泰西用背带背着她，到了一个红绿灯，我们停下，斯泰西掀开被子，数格丽塔的呼吸。一个邻居——她是一个三岁孩子和一个五岁孩子的母亲，她从我们身边走过时，斯泰西开了个紧张的玩笑，那个女人报以微笑。“他们一直在呼吸。”她让我们放心。

接下来的几个月，我们开始适应这个现实。她一直在呼吸，我们告诉自己。慢慢地，连我们自己都没意识到的紧绷的部分放松了，一次松开一根肌肉纤维。

我猜想，初为父母都这样吧：你慢慢学会相信你的孩子会继续活下去。他们的未来开始在你脑中成形，你担心某些细节。她在幼儿园能轻松地交上朋友吗？她玩耍的时间够吗？生活依然危险，充满疾病，一场疾病袭来，一家人都会像一地受害的庄稼那样打蔫儿。她可能会从床上掉下来，可能会碰到椅子，每个角落都有小玩具，误吞便会噎住，这都得注意才行。然而，你在每个角落里看到的不是死亡，只是挑战，你和你的孩子在跑一场障碍赛，有的时候一起跑，就会经常有争执。

到了两岁，你的孩子已经是真正意义上的“人”了——她有自己的意见、固定的信念、偏好和倾向、一群朋友和中意的食物。你们仨有属于自己的笑话、共识，你们用家人之间才懂的缩略词交流。过去经常计算孩子存活概率的那部分自己基本进入休眠状态。它对你没用了，对孩子向来无用。还有很多事等着你去做。

就在你不再认为某种东西会随时把这一切带走时，你的孩子却被日常环境中的一个失控的物件瞬间夺去了生命，这时你会作何感想？你的神经末梢得到了怎样的教训？此刻，我坐在女儿病床的床脚，麻木到什么也理解不了。但我会理解的，很快。

几个小时如河水悄然流逝，在不是时间的时间里。终于，李医生把我们叫回到另一个房间，讨论下一步的计划。她说，"依我看，现在可以关停生命维持设备了。或者，"她停顿了一下，"我们可以讨论一下器官捐献。"她任凭这些词语生发，而后沉淀。她继续说，尽管格丽塔的头部遭受了严重的创伤，但她的器官却奇迹般地保存下来了。心脏、肝脏、肾脏——全都完好无损。

"如果你们决定这么做，我们先要做一系列反应测试，确认她已脑死亡。"李医生说，"这是必要的程序。"她打断我们没说出口的问题："她是不是……？"她接着说："我们没看到格丽塔有任何反应的迹象，但为了开始寻找器官接受者，我们必须做一系列测试，以确认脑死亡。"

我端坐着，让这个想法涌进我的脑子，李医生又说了一会儿，然后站起身说："你们俩商量一下吧。"

我和斯泰西独自坐着。回想当时，我认为我们都没有过片刻的迟疑。我是作家，习惯过度诠释，我尽量闭嘴，好让他人有表达的空间。但最后是斯泰西找到并说出了我们需要的话：“我需要这件事有意义，”她告诉我，“也许这样做，一切就不会白费了。”

我点了点头。我不知道她从哪个源头汲取的清泉，但我知道，她径直为我们俩找到了我们的真理。

我们立刻让人请李医生来，告诉她：我们想捐献器官。这是我们做的唯一简单点的决定。

负责器官捐献的机构 LiveOnNY 的第一个代表立刻赶来了。他叫詹姆斯，他在自我介绍时，递给我一个文件夹，并向我保证，我们的无私行为将拯救并改变其他生命。我打开文件夹，发现这句话一字不差地印在第一页上。他说话时，我的目光落在如何应对悲伤的一系列要点上。“想哭就哭吧。”有一条写道。“谈论你的亲人，想多说就多说，想少说就少说。”另一条建议道。“悲伤时没有‘应该’，每个人都有不同的需求。”另一条在提倡积极锻炼的重要性，说对抑郁有帮助。我盯着这些建议，直到它们烙印在我的脑子里。它们是我得到的关于如何在这个新行星上呼吸的第一套指令。

稍后，第二个代表莫拉也到了。她把我们领回李医生告知格丽塔预后的房间，向我们简要介绍了一下流程。在此期间，每个人似乎都认为有一点至关重要，那就是给我们提供任何消息时都要把我们带到一个房间，任何一个房间，好像让我们在那三个空间里来回移动就能消除或缓解痛苦似的。

门关上时，我沮丧地看到莫拉满眼泪水。她把一只手放在胸前，那只手呈现出牛肉般的红色。“首先，我想让你们知道，我也是一个母亲。我为你们心碎。过来，过来。”她说，并示意我们拥抱她。

我被逼得无路可走，愣住了，然后僵硬地靠过去，冷淡地拥抱她。她身材短粗，我的目光盯着她背后小窗板投下的阴影，倒数了五个数，直到她放开我。

她给了斯泰西同样的拥抱，然后，在我们对面坐下。泪水顺着她红润的脸颊流下。她似乎不知所措，不知从何谈起接受者、时间期限和必要的文书。我和斯泰西感觉彼此都不太相信：她不会对每个孩子濒死的人都这样吧？

我们得知，器官捐献过程奇怪地混合了不可言说和平淡无奇。一方面是那个实实在在的东西：我女儿的内脏，安全地放在她的小身体里，它们正在衰退，但依然温暖；另一方面，国家采取的方式微妙且复杂，要合法地将它们一个个取出来，以便再分配到其他公民的身体里。即使在这里，仍要在一些方框内打钩，以及一些例行问答。

我们被领进另一个房间回答这些问题，那是角落里的一间会议室，里面摆着一张长桌。莫拉抱歉地整理了一下面前的文件，然后拿起笔，面对最上面那张表格，她镇定又略显迟疑地坐在那里。我们想喝咖啡吗？不，我们不想。

“在准许寻找接受者之前，我们必须问你们这些问题。”她开口道，眼睛依然向下看，“我只想说，首先很抱歉问一些并不合适的问题。但我们——我们还是得全问一遍。”她的眼睛直勾勾地盯着桌子，偶尔轻抬眼皮，用那双痛苦的眼睛看我们一下，这时的问题尤其令人不适。“病人吸过毒吗？”“她在性方面活跃吗？”“她怀孕了吗？”不，没吸过。不，不活跃。不，她没有。

“我不敢相信你们竟然没有为儿童准备的表格。”某一刻，斯泰西忽然抱怨起来，身子向后靠，瘫坐在椅子上，开始揉眼睛。“她才两岁。”

那晚，我父母也到了，和我们坐在一起。我们呈扇形散开，像宗教画里的人物。我母亲坐在我身后的窗台上。我坐在地上，头靠在她膝头，就像儿时的情景。

苏珊坐在格丽塔脚边，轻声哭泣。“为什么不是我？”她并没有特别问哪一个人。

我抬头看了她一眼，她的心碎如阳光般刺目——无法直视。没有人回答，但我想着她——“不该是你。不该是格丽塔。谁都不该。”

我们没有留意时间，而是看着高大监视器上波动的又大又红的数字。它们在跟踪我两岁女儿的心率，通过生命维持设备让它保持稳定，护士们正看着屏幕上令人担心的波峰和波谷。她的床上方有个看着很老旧的台子，台子上架着管子，管子里的液体，如雨般从不同的点——我不想知道是哪些点——流入她的身体。每隔几分钟，一根管子就会扭曲或绞缠，引得机器反复发出沉闷的哔哔声，这时，一个护士会出现，跳一支暴躁的舞：猛拉、调节、抖动，直到扭结处松开，机器便沉寂下去。

斯泰西和我轮流睡在她脚边。遭受创伤的人睡觉时是不做梦的：疲惫和震惊是可靠的“司机之友”，在你最需要它们的时候来掌握方向盘。有时我会大声重复，显然意识不到有人在听。“我应该死。为什么我就不能死了算了？”我能感觉到我的心在疑惑地抬头凝视我，在心跳的间隙问我：“你确定你希望我继续跳下去吗？”我躺倒在窗台上，告诉我母亲，我不知道该怎么活下去。

“你最好别做傻事。”她温柔地回答。

夜晚的大部分时间，我穿着袜子绕着侧翼溜达，上了二三十趟厕所，有时，只为洗个手，然后回到我女儿床边。我听见自己在厕所里哀号，地板和墙壁上镶着灰色的瓷砖，感觉像个高压舱，我想，哀号声一定是别人发出来的。我回避镜子里自己的目光。我没兴趣知道与自己对视是什么感觉。

无论我走到哪儿，看到的都是空荡荡的走廊——候诊室里没人，没有其他手术计划，眼前一个人都没有。这头一晚是我再教育的开端。如今地球是外星球，我是一个踏足地球的访客。这段时间，我学了一些小小的新技能，我已经凭直觉知道，我还需要社交礼仪。我礼貌且被动地接受了一个夜班护士的拥抱和安慰的话语，她的眼中充满善意，劝我不要“放弃”我们的孩子。毕竟，主耶稣会创造奇迹。

这个场景诡异得让人联想到格丽塔的出生，在曼哈顿中心，我和我妻子围着她，在异常的寂静中，透过窗户凝视我们周围的这座城市。这两次，在这个交错的维度里，我们身边只有几个帮手，他们似乎是被专门派来引领我们度过这个过渡期的。她生日那天的帮手有助产士丽塔、导乐[1]纳琪，今天是神经外科医生李医生、儿童重症监护室的护士们，以及在 LiveOnNY 工作的团队。

早上，我在浴室洗了澡，换上一条运动裤和一件母亲在附近的一家 Gap 店给我买的 T 恤衫。我哥哥赶来了，面色憔悴，他是从科罗拉多坐红眼航班来的。莉兹从伦敦赶来了，她是斯泰西儿时最好的朋友，除了不同姓，她们亲如姊妹。疲惫和创伤搞得斯泰西精神恍惚，她本能地小声说：“一路顺利吗？”

莉兹看着她，破涕为笑，她的话听着尖酸，却给人安慰，“好极了，斯泰西，”她苦笑道，“挺好。”

1 Doula，“导乐”是指有过生育经历、富有奉献精神和接生经验的女性，专门指导孕妇进行顺利自然的分娩。

我们尽可能给每个人介绍情况。再过几个小时，医生们就该来宣布格丽塔脑死亡了。他们会暂时拔掉呼吸机，密切监测她是否有自主呼吸的迹象。他们会检查她的脑干反射，这会显示最原始的生命迹象。他们阴郁地强调，并不指望能发现任何东西。

因为发生意外时，斯泰西还在哺乳，有人显然需要抽她的血。他们为什么需要她的血？我们不太清楚，我的大脑更深层认为这么做似乎合乎逻辑——血、母乳、蝾螈的眼睛、孩子的头发。我们在不圣洁的、身体的圣礼的国度里，任何事都不会让我感到惊讶。如果有人走到我身边，冷静地跟我解释，他们需要割掉我的舌头，送到实验室做样本，我大概会毫无怨言、毫无疑问地张开嘴。

由于某种原因，血样要送到费城，开货车去大约要三个小时。“我们会尽快把血样送到。”他们向我们保证。到那时，只有到那时，才会开始给可能的接受者打电话。这期间，格丽塔的身体机能将被维持着。斯泰西爬上她的床，挨着她躺下来，头枕在她脸旁边。我把头轻轻放在她的胸脯上，感受它的起伏。现在我们在一起的时间既可怕，又宝贵——它的界限清晰明确。在接下来的二十四小时中的某一刻，我们即使想这样和她在一起也不能了。

我们被告知，一个护士将于早上八点左右来给斯泰西抽血，但八点到了，八点过了，一个护士都没来，也没有最新消息，我开始感觉到某种讨厌的东西：老派的易怒，一种灼热的刺痛感穿透创伤，冷酷如洞穴般的麻木，从边缘慢慢滴入。我皱起眉头。

“他们在哪儿？”斯泰西抱怨道。

“我相信他们很快就会来的。”我母亲说，语气听起来不太确定，但她知道紧张的时候该说什么。我感觉这种讨厌的情况很熟悉：典型的纽约城的情况，所有人干坐着，等待消除某种无意义的困惑。

一个护士终于拿着注射器和小空瓶来了，我感激地叹了口气。瓶子装满时，我掏出手机。我看到一个工作上的朋友发来的短信：“我刚听说。如果有什么我能为你们做的，请告诉我，我牵挂着你们。”

“谢谢。你怎么知道的？”我回道。

“一篇《纽约邮报》上的文章。”

我在窗台上动了动，环顾房间。前一晚，第一个记者打来电话，给斯泰西的电话上留了言。我们隐约知道格丽塔的事故现场有采访车，但我没想到我们的故事仍有——我们仍有——新闻价值。

苏珊拿起《纽约邮报》看那篇文章，尽管我不能看。“他们说我八十岁了！”她气愤地叫道。她上个星期刚满六十岁。

四十五分钟后，《纽约每日新闻》也发表了这篇故事。这次，我看了。上面有一张我女儿的照片，一根带子跨过她的前额，把她固定在担架上，担架的轮子搭在救护车的边沿上。那个担架是为成年人的身体准备的，她在中间，那么小，看上去像个玩具。这张照片对我没有任何影响。坐在她面前，我只觉得它是我们正在经历的噩梦的前兆。还有一张苏珊的照片，两个警察，一人架着她的一条胳膊，照相机捕捉到不解的眼神。文中引述了一个匿名邻居的话："这是一场令人难以置信的悲剧。这是她唯一的外孙女。"

我带我母亲出去走走，去了楼下的咖啡馆。我们，我母亲和我，都焦躁不安，我们需要慰藉。我点了一个热塌了（steam-flattened）的鸡蛋芝士牛角包和一杯又淡又苦的咖啡，杯子里有一根红色塑料搅拌棒。我把牛角包放在打开的包装纸中间，从边缘拿起融化的芝士边儿。我说出了心中的疑惑，当她真的离开后，当她的身体被打开后，当我们离开医院，身边没有她后，我不知道我会做什么。

曾有一些日子，我把格丽塔放在日间托儿所，我感觉自己渴望的目光沿着小小的过道看向游戏室，一部分的我想逃离那个成人的世界，和她的小朋友们在地板上坐一天。也许我可以在一所合作幼儿园当一段时间志愿者。做点什么来填补内心的空洞。我呷了一口咖啡，当杯子见底时，我感觉自己空洞洞的胃收缩了一下。

我母亲一个人回楼上了，我小心翼翼地走到外面的院子里，抬头凝望瓦灰色的天空。现在是五月份，但天上有云，空气中有一股尚未消散的湿冷。我给我的好朋友安娜打电话，她是一名舞者，离开纽约后，去了俄亥俄州。她后来跟我说，我当时告诉她，“我们必须找到同样失去孩子的朋友”。我不记得我说过，但几个月后，再次听到这话，我猛地意识到：即便在那时，一小部分的我也在为之后如何活下去做长远的规划。

我给我的心理治疗师，一个非常严肃的女人打了电话，我最近才去她那里看病。她突然陷入了困境，我想。我把发生的事告诉了她，她平静地告诉我，每半个小时或一个小时跟她讨论一下，以便继续。她告诉我，她非常遗憾，但语调平淡，不带任何情感。我感觉她在故意收敛，把自己变成一个我可以依靠的无生命的物体。我心怀感激地依赖上了她。

我回到格丽塔床边时，房间里的气氛很紧张：斯泰西一个多小时前抽了血，装血的瓶子还放在旁边的一张桌子上，没人管。这意味着，这些瓶子不会被送往费城；这意味着，格丽塔在黎明时就被这样白白地滞留了几个小时。我看着那些瓶子，怒不可遏。官僚主义小小的失职是无法容忍的。他们中间有个人刚刚砸碎了我女儿的头骨。我大步穿过儿童重症监护室，打算盯着第一个与我眼神相遇的人。医院里经常会这样，我的焦虑发泄在了一个对我们的情形完全没有掌控力的护士身上。

“我保证我会尽量想办法的。”她说。

几分钟后，詹姆斯又出现了，几个护士簇拥着他，急忙收走了瓶子。

“怎么没人来拿这些东西？”斯泰西问，“这个过程已经够漫长的了！我们都在等。格丽塔也在等。我们都在等这个！”

詹姆斯语无伦次、惊惶不安，他是那种上司会嘱咐他对待病人时手段要圆滑一点的人。他不自然地抬高嗓门，闪躲我们的目光。“听我说，她就要进来了，”他突然说，“但护士真的很担心你们食言。”

我们瞪着他，他当然会意识到自己大概说错话了。他转过身，一句道歉的话都没有，拖着脚走出去了。门关上时，斯泰西难以置信地看着我，我们弱弱地笑了一下。不过，瓶子还是被拿走了。我稍微放松了一些。我又看了一眼手机，看到一封记者发来的邮件。

“我想代表全体成员向你们致以最衷心的慰问。”那个人写道，“格丽塔看起来是个迷人的孩子。我们正在写一篇关于她去世的故事，如果你有什么愿意和我们分享的，我只是想让你知道，我们在这里等着你。”

我手指向下滑动，查看收件箱，主题带“格丽塔”的几封邮件来自陌生人——WABC 的《新闻内幕》。

没过一会儿，一个医院的高级管理人员进来了。“首先，没有人知道你们在这儿，”她让我们放心，“不过，很多记者给医院打电话，铺天盖地的。很多人不表明身份，有的还试图冒充你们的家人。他们在给这座城市的每一家医院打电话。你们准备走的时候，我们会护送你们出去，确保你们出门时不引人注意。我们会留意电视台的采访车，因为可能有媒体潜伏在外面。”

我想到新闻采访车像甲虫一样在这座城市爬来爬去，停在医院外面，希望幸运地抓拍到悲痛欲绝的父母。我忽然感到一阵恶心。

全家人在格丽塔那张床旁边的空床上开了个小会。

“好吧，我们要做好准备，没准会在外面碰上记者。”我说，“我们该怎么办？”

“如果有人问我问题，我就让他吃一记西恩·潘[1]式老拳。”我哥哥低声道。

我转向他，突然被自己明白的某种东西操控了。“不，你不能这么做。如果他们问你问题，我告诉你怎么做：你就跟他们说‘无可奉告’，然后走开。他们只想要故事，只要不是‘无可奉告’，你做的第一件事，或者你说的第一句话，就是给他们提供故事。你明白了吗？”

我哥哥微微动了动身子，他是老大，不习惯当众被人吼。他咕哝着同意了。我又有了活力，我走到父母跟前，确保他们也听懂了。交到我手中的问题是可以解决的。格丽塔不会

1　美国著名演员，曾因攻击摄影记者遭刑事起诉。

醒来了，但我可以不让媒体靠近。

中午，医生们来做脑死亡测试。我看着他们聚集在她周围忙碌。他们拔掉了呼吸器，监测格丽塔的胸部，看是否有自主呼吸。我和斯泰西默默地注视着她的胸腔，沉默、专注得可怕。她安静地躺在那里，比我见过的任何时候都安静。没有尽头的时间在延伸，我意识到心里在燃烧。我屏着气。终于，他们把管子又插进去了。她的胸腔鼓了起来。我呼出了那口气。到底是什么东西使她的肺叶在动，我已经不在乎了，我只要看到它们在动。

他们围在床头，用一束光照她的瞳孔。我们站在床前看。我们需要再次看到那双眼睛。她的眼皮肿着，眼睛闭着，医疗小组的人必须用力撬开。当那束光照到她的角膜时，什么都没发生——光仿佛照在一块大理石上。我女儿深邃温柔的双眸，此刻只是眼球了，里面什么都没有了。

整个残忍的过程持续了大约一刻钟。在医生向后退，开始收拾东西之前，我就感觉到了结局。格丽塔合法地临床死亡了。她在国家的眼中死了。

他们离开后，斯泰西又爬回格丽塔旁边那张床。我们确切地知道，无论格丽塔的身体里有什么，她都不会回来了，我们内心深处，有一种很可怕的、绝不可能被称为“安慰”的东西——但我体会到了小小的放手，我们可以让拴绳滑入水中了。我们再也不会被要求为她做选择了，再也不会被迫为她的"生活质量"做那些可怕的筹划了。她肯定在另一边了，我们手中的控制权被夺走了。

步入走廊，我轻声向我的哥哥坦白，我很担心我也会失去斯泰西。毕竟这种打击能让最牢固的婚姻解体。

我走回去时，斯泰西从床边抬起头，对我微笑。"你在这儿啊。"说着，她站起来，给了我一个拥抱，又给了我一个吻。我又去了一趟自助餐厅，给聚在这里的所有人点了咖啡和快餐。我再次离开房间时，她说："我爱你。"

坐电梯去一楼时，我有一个不可能实现的想法：我们会好起来的。我们会挺过去的。我们即将进入难以想象的世界，但我们也能走出去。这个想法持续了几秒钟，像昏暗水中的一条鱼。但我抓住它不撒手：那个吻、那个微笑，那句随意的"我爱你"拯救了我。

八年前，我第一次看到那个微笑时就感觉到了一丝什么：它的坦率、它的大方、它的明净中的某种东西，仿佛世界是一条需要照明的乡间公路。

父母就喜欢用这种修正主义的鬼话取悦他们的孩子："第一次见到你母亲，我就知道是她。"有时候，当我的叔叔瑞奇第一百次真诚地宣称，同他结婚五十年的妻子西娅是他命中注定的人生伴侣或灵魂伴侣时，我会朝他翻白眼。

我父母就没这种故事：他们的恋爱过程并不完美，但令人耳目一新。他们第一次约会时，我父亲不经意地把我母亲带到了一个同性恋酒吧。（“这里所有人都盯着你看，是不是？”他问她，我母亲故作欢颜，回答道：“不，我想他们在盯着你看。”）十五个月后，他向她求婚，我母亲接受了，后来他脸色发青，好几天没说话。我母亲笑着告诉他，他们没有必要结婚——她结过婚。直到一个星期后，当她在电话里听说他接受了另一个州的工作时，他才从门口探头进来问：“你还是会嫁给我，对吧？”

这么多年来，这些故事多次在饭桌上被提起，被笑着重述，我向来对灵魂伴侣、命中注定的人生伴侣没什么耐心。据我所知，由于这样或那样的原因，人们找到生活上合适的人，他们决定绑在一起，共同面对生活，或者决定不这么做。影响一个决定的原因有很多，有现实的原因，也有不现实的，如果多年后你断定你所选择的人不是你的灵魂伴侣怎么办？很好。只是因为你跳起后落了地，并不意味着你知道你们要去往何处。

然而，当我们互相介绍时，当斯泰西握住我的手，一个新同事站在我的办公桌前，我现在还记得那种感觉，那条信息从我们接触的那个点流到我的脑子里，发出一个清晰的指令：这很重要。注意。如果这种感觉不是直到如今仍如此真实明显，我可能会不以为然，只把它视作追溯和怀旧，那种水银般的颤动给人怪诞之感，仿佛是某种相认。也许这是对那些自认为是怀疑论者的人的惩罚：他们被迫相信了。

大约一个月后，我们对彼此有了更多的了解，在那次糟糕透顶的办公室派对上，大家排队取奶酪块，我们排在头两位，希望食物能平息我们的不适感。我们俩都苟活了二十几年：斯泰西是个大提琴手，从音乐学院毕业后，她就不爱那种乐器了，她来到这个沉闷的古典音乐非营利组织，但仍在寻找新的目标。我的志向是做一名音乐记者，心里怀着一种朦胧的幻想，想在摇滚演出中一边痛饮啤酒，一边潦草地记笔记。相反，我发现自己在马勒和斯特拉文斯基的音乐会上，坐在满头银发的上西区人中间。我们俩体重总共增加了大约三十磅，我们的发型都很糟糕。我们向彼此靠拢，就像分享一个只有我们俩能听懂的笑话。

后来，我们走向两个同事，他们正在谈论作曲家让·西贝柳斯（这次派对就是这么糟糕）。“对我来说，他的音乐像无意义的性。”斯泰西若有所思地说，这个笑话是这样开头的，“我们开的是办公室派对，所以我觉得可以这么说吧。”我旁边一个男的突然捧腹大笑，他紧握塑料杯的手松开了，肩膀也松弛了。我们身边的人都放松下来，尽管他们没注意到为什么会这样，但我注意到了。

“你的个性很开放。”我们第四次约会时，斯泰西告诉我，我从没得到过这种夸奖，至少没得到过类似的夸奖。她的语气很热情，直直地凝视着我的眼睛。其余的话，她没说，但我从她的脸上清楚地听到了：我想，我就是因为这个才爱你的。

其余的一切——我们第一次一起过夜，第一次去我父母家过圣诞节（我们在地下室抽大麻时被逮住了，那是我们有生以来第一次抽大麻，也是唯一的一次），一起做的第一顿饭，还有十八个月后，我向她求婚——感觉就像一幅画卷呈现在我眼前，我在那一刻可以清晰地看见。

我们正在面对无法改变的最后期限。格丽塔暂时稳定的血压只能维持有限的时间。LiveOnNY 团队占据一个壁橱大小的小房间，他们不停地打电话，潜在接受者名单上的人数迅速缩减。当他们集中精力一个个挑选接受者时，时间正一分一秒地过去。

那天晚上，辛西娅，一个剃了寸头的女黑人进来向我们宣布结果。费城一个三岁男孩需要心脏。一个六岁女孩需要肝脏。两名成年男子需要肾脏。

但首先格丽塔的体征必须保持稳定。她已经靠机器维持了二十四小时生命了。她还要再坚持十八个小时。看着她做出巨大妥协的小身体，我感觉我们是在把她强留在这里。她有别的地方可去，她只是在等待。就像 LiveOnNY 的接受者们，就像那个名单上的家庭：我们只能等待。

那天半夜，格丽塔的监护仪哔哔响，显示新数据：连续，不祥。她的血压飙升。护士们进来，调节药水滴速，我们看着数字：下降，然后升高，升高，升高，再升高，超过了器官可长久存活的标准。船快翻了，我们都将落水。我在那个极小的房间里来回踱步，扑通跪在地上，用拳头抵着地板，大叫。

“冷静点，杰。”我母亲说。

“你还想要我怎样？”我大喊道，依旧伏在地上。

机器哔哔响时，斯泰西抚摩格丽塔的头，对她耳语：“再等一会儿，小猴子。”

我受不了了，冲出去，砰砰砸 LiveOnNY 正在工作的那个房间的门。我推开门，注视着那群眼神疲倦的人：四个穿手术服的人正在做全世界最无望的通宵马拉松节目。时间是凌晨三点。

“我女儿的血压急速升高，他们控制不住。”我说，语气平静得可怕，“我需要你们告诉我什么时候做手术。你们怎么做才能加快速度？我女儿已经受了太多委屈。”

辛西娅绝望地指了一下她的手机：“我们让所有人都飞到了指定地点。现在我希望手术在早上九点开始，但也有可能十点开始，或者更晚一点。”

更晚一点？我站在走廊上，想着我女儿被毁坏的身体，托仪器的福，还在上下起伏的胸脯。我想到她的灵魂，困在两个阶段之间，像一只撞击玻璃窗的苍蝇。然后，我说了句可怕的话。我看着辛西娅的眼睛说："如果她挺不到那个时候，这件事的无意义将永远折磨着我。"

我眼看着这个女人崩溃了，过去的十二个小时里，她一直在努力挽救美国各地多个家庭的生命，尽量考虑到许多可怕且难以想象的因素。她的肩膀垂下来，不自觉地悲叹道："请不要这样。"我转身离开，门关上时，她的额头正碰到桌子。

我回到房间时，格丽塔的血压降了一点，在警戒线下保持了一会儿。我、我母亲和斯泰西克制着，等待着。又降了一点。

"现在好了。"我母亲小声说，"现在好了。"

格丽塔在某处。她在坚持。

斯泰西亲吻她头上的钢钉："你做得很棒，小猴子。"

被家人包围着，我看向窗外，拥挤的天上，建筑闪闪发光。一个想法一闪而过，像一根针刺到我的意识："这座城市杀死了她。"我们杀死了她。我们家只有我和斯泰西蠢到试图在这个拥挤喧闹的城市的中心抚养孩子。

我母亲二十出头时做护士，在纽约住过几年。我小时候，听她的传奇故事，二十世纪七十年代，她在C大道跳舞，半夜喝醉，在穷街陋巷里脚步踉跄，托上帝的福，她活下来了。但她离开了纽约。有孩子的时候，她已经定居在这座城市的北边，开车过去要好几个小时，那里离这座城市永恒的喧嚣仿佛有几光年的距离。我父亲的成长环境很悲惨，困在长岛上，他眼中的这座城市伤痕累累、支离破碎，这个地方反映了最恶劣的人性所能给予的东西。我哥哥和他妻子是在纽约认识的，他们在士绅化[1]之前的威廉斯堡，在一座四层无电梯公寓楼里度过了有史以来最炎热的夏天。后来，他们突然辞掉工作，把家搬到了科罗拉多，他们立刻摆脱了十磅肉和一直以来的不满。四年后，他们的第一个儿子出生了。

然而，我和斯泰西曾欣然接受这座繁忙的城市，在那里支起我们帐篷，点燃我们的炉火。作为一个婴儿，格丽塔睡觉时伴随着汽车警报器声、街上敞开的窗户里发出的零星的喊叫声、流浪猫时不时的哀号声。我们把这座城市的危险看作永远近在咫尺的嘈杂。我们的邻居被抢了，我们没有。我们的车窗被砸碎了，什么东西都没丢。

我们愚蠢、傲慢、粗心，我们付出了最沉重的代价。

太阳照着我们，宣告新一天的来临和它所带来的一切。我们一家聚在格丽塔身旁：我哥哥、丹尼和伊丽莎白、我父母、苏珊。斯泰西的哥哥杰克刚回来，他回了一趟我们家，这趟差事很可怕，他走进格丽塔的卧室，里面依然满满当当，充溢着她生活中有形的事实，他拿来了格丽塔最喜欢的毛绒

1 意指中低收入社区被改造适应中产或新富阶层，住宅零售等高档化，原有的经济弱势群体被迫迁往地价更低的地区。——编者注

玩具，它叫黛西，是一只以我母亲那只金色拉布拉多命名的小黄狗。他还拿来了上面有小鸭图案的毯子，斯泰西儿时用过。他拿来了那条带圆点点的深红色的连衣裙，格丽塔要这条裙子时总是称它“我的好看的裙子”。她穿着它走路时，显然，她很喜欢它在腿上呈扇形散开。有一次，她站在小玩具镜子前，害羞地抓着裙角来回摇晃，被我们抓了个正着。

除了这些东西，杰克还拿来了他的吉他，现在，他正坐着，弹了起来。我们把格丽塔漂亮的裙子放在她身上，把黛西夹在她的臂弯里，用小鸭毯盖住她的身子。我们暂时喘了口气，瞬间感觉像一场家庭聚会。

手术时间快到了。我有一种惊慌不祥的预感，迫切需要房门紧闭。我女儿还在我面前呼吸，完整无缺。突然间，面对她将完全不存在的想法，怎么样和为什么等细节问题变得不再重要。把她留在这里，我想。

护士们的敲门声在我耳中响起狂野的轰鸣——血液冲击头部，我正在接收整个进化过程中最原始的信号：别让他们把她带走。

我环顾四周，看到我哥哥在不加掩饰地哭泣，脸皱成一团，这种场景我只见过一次。我站起身，身边有他们围绕，感觉自己像登上了舞台。这是我的希腊悲剧，结局如何将取决于我。

“嗨，我的宝贝女儿，你做得棒极了，”我用愉快的腔调对她说，“现在该走了，好吗？每一步我都会陪着你一起走，好不好？”

护士们站在床两侧，收拾管子，好把她抬走。我眼含泪水，仿佛突然要失明了。我直起身。我想这种感觉会杀了我，这想法合情合理。但我只能走进去，立刻。并且，我并不会死。

我抬起一只脚，感觉头部的血流干了，他们推她往外走时，我把一只手放在她床后。我想到了《圣经》里的人物拿顺，他受摩西指派，径直走进红海。房间里的轻声啜泣突然变成号哭。我依然沉默，我看着她的头顶，四十八小时过去了，她的头顶开始发青，但依然像一只美丽易碎的鸟蛋。我们在走廊上，走到一半，这个世界，一个很快就没有格丽塔的世界，在另一边。

右边的护士按了一下按钮，门唰地开了。我们调整了床的角度，绕过拐角，上了电梯。

“再等一会儿，小猴子。”斯泰西低声说。

我看着我女儿破碎的身体。她的表现不可思议。看到她最后展现的意志和决心，我心中涌起极大的自豪感。

电梯下行。我开始颤抖，我的肉体在颤抖。这种感觉会杀了我，但我只能走进去，不过，它不会杀死我。我低头看着格丽塔的双手，她小小的手指在小鸭毯边缘弯曲着，就像她睡着时那样。门开了。我再次感觉到那种中世纪的冲动。

我不是非要交出孩子的尸体不可。但我们已经到这儿了，没时间了。我的手从栏杆上拿开，那张有我女儿的床继续向前。格丽塔走了。

我和斯泰西瘫倒在彼此怀里，感觉我们之间已然存在的虚空大概永远也填不满了。我相信，我们的某一部分仍在那里，紧紧抓住彼此，寻思着，我们怎么没死。

回到房间时，显然，大家如释重负，但没有人愿意说出来。我们的生命碎片散落各处，再也拾不起来了。立刻明白这一点使人内心平静。如果一棵树倒下，砸到你家的房子，你看到不可挽回的损失，会惊奇地暗笑：绝不会有人期望我们把那棵树扶起来。我们曾在格丽塔之死这件事中扮演至关重要的角色，现在结束了。现在我们要大家动员起来做很多其他的事：打电话、准备葬礼、面对世界。

我又看向那些建筑，先前那种可怕的预言感不见了。死神访问世界的每一个角落：十几岁的孩子喝醉酒，驾车冲下黑魆魆的乡间公路；婴儿被缠在小区的活动百叶窗帘里；儿童被发现漂浮在郊区的游泳池里。这些不过是建筑，他们并没有特殊的角色要扮演。

二 / 余波

TWO >>> THE AFTERMATH

这时是八月，意外发生前九个月。你十六个月大。我们在翻修厨房，家里乱得简直不能住人。那天下午，我要带你去看苏珊，翻修工程拖拖拉拉，苏珊照看你的时候更多。我们的生活混乱、令人疲惫、难以操控、不安全。

“该走了，宝贝女儿！”我喊道。

你在十英尺[1]外的儿童游戏区，坐在水泥地上的橡胶垫上。你懒散地用一支折断的标记粉笔蹭肋部，留下一道粉红的污迹。你什么也没说。

我把一直攥在左手中吃了一半的香蕉放在婴儿床的顶篷上，那条卷成一团的纤丝奶酪旁边，我在你身旁蹲下。“我们要去见苏斯[2]外婆了。”我提醒你。

“是啊，我们要去见苏斯外婆了。”你同意，头也没抬。“苏斯外婆（Grandma Suz）”在你口中是个单个的三音节词，

1 1英尺≈0.3米。——编者注

2 苏斯，苏珊外婆的昵称。——编者注

重音放在 Grand——一个带降调的弱拍的三连音上。

“可是，想见苏斯外婆的话，我们现在就得走啦。”我又说了一遍，“你要到你的婴儿车里来。”

你站了起来。“不，我不想上我的婴儿车。”你断言，然后摇摇摆摆地走开了。

这是星期六早上八点，你和我一起待了三个小时。你从四点半开始就在婴儿床里冲着我们喊叫。我们的卧室其实是一间伪装成卧室的客厅，中间用双扇玻璃门隔开，你的声音径直穿透那两扇门。有好几个月，一到早上五点，你就不睡了，绝望的我们不得不拔掉婴儿监视器。

当我们最终屈服时，你已经叫了我们二十来分钟了，你的语气变得暴躁起来：“妈咪——爸比！！！”我坐起身，停了一会儿，迅速整理了一下各种感官：我感觉头发黏糊糊的，感觉地板离我太远。我哼哼唧唧地站了起来。

我随手关上卧室门，掀开门口的塑料帘子，穿过杂乱无序的客厅。我的左边，一把圆锯放在向外喷气的空调上，空调上连续落了几层灰，因此褪了色，由白色变成灰色，又变成蓝黑色。为了让我的脚保持干净，我穿着人字拖在卧室外蹭着走，脚下发出吱嘎声。我绕过大厅，朝你的卧室走去，躲开一个装脏盘子的特百惠桶。我们又有自来水了，但厨房里没有洗碗槽，所以每天晚上，我们把用过的盘子放在桶里，让它们漂在浴缸上。只有两间卧室——我们的卧室和你的卧室的地板是干净的，天天擦，与混乱状态较量，注定吃败仗。

我推开你的房门。你站在婴儿床的垫子上，手抓着床沿，两条腿在摇晃。你在杂乱无章的房间里，就像一条遇难船上的幸存者。“我想起来。”你说。

我向你走去，谨慎选择路径，绕开客厅椅、我的小提琴，还有被你妈妈遗弃在大红箱子里的大提琴。我双手向下，伸向婴儿床，你举起双手，我们的动作一气呵成，在我胯边把手握在了一起。

“我要妈妈奶。”你说。

我们一起看一步走一步，你紧抱着我，怀着些许兴趣环顾我们被搞得乱糟糟的家。我把你的脚放在了床上。

“嗨，宝贝。”妈妈柔声细语地对你说，她的眼睛还闭着。淡淡的阳光照在窗外的屋顶上。你站着，看了一会儿屋顶，两只手放在我们的床头板上。

“看，格丽塔，能看见月亮。”我指着天空说。

你同意，然后扑通坐下。妈妈撩起衬衣，把你拉近，你吃奶时一直在蠕动，快乐而兴奋地蹬腿。躺在你旁边，你的小脚丫砰砰踢到我的肩膀，我嗓子眼里有一股日积月累的疲惫的味道。

“你闻起来很累。”那些日子，我过去吻斯泰西时，她就会这么说。显然，过了一定的临界点，我就开始散发腐烂的气味。

吃完奶，你推着床，向后退，急着下去，结果屁股先着了地。这个早上该我和你一起起床，你光着的脚刚碰到地板，我就把你抱了起来。我们穿好衣服，一起离开，说话很小声。我们要让妈妈睡觉。过一会儿再来看妈妈。我们要去小区的游乐场，游乐场在外面。我们穿上去外面穿的鞋。穿哪双鞋好呢？穿这双粉红色的鞋吧。我来帮你穿。好吧，你可以自己穿。好吧，我来帮你。

在游乐场，我看着你努力爬猴架。你的脚总是踩不住最低的那根杆，我选择最合适的时候出发，在你已经累了，又不太累的时候。这就像设法隔绝夕阳中的一抹粉红。我给苏珊发短信。“看样子我们二十分钟后就上地铁了。”我乐观地舍去了尾数。我又叫你，“嘿，我的宝贝，到婴儿车里来就能吃到香蕉啦。”

你让步了。我给你绑好带子，我们离开游乐场时，其他孩子刚来，后面跟着他们眼神疲倦的父母。手机告诉我，七分钟后将有一趟地铁到站。我刷了一下卡，朝工作人员点了点头。她按了一下蜂鸣器，打开紧急门，我推着你走过去。整个蜂鸣门不过是摆摆样子，反正门一直不锁。

你出生后，这个站台关闭了将近一年，所以你没怎么见过地铁。重新开放后，看起来和从前一模一样。“他们只是去掉了石棉。”斯泰西开玩笑道。头顶上，发情的鸽子们在屋梁上咕咕叫。我沿着铁轨望去，看到了B线地铁的灯光，还有一站远，前灯闪着光。我什么都没对你说，你快睡着了。时间掐得真准。

地铁停下，门颤抖着打开，我给苏珊发短信："准时到达。"我把婴儿车推上地铁，锁上轮子，一屁股坐在一个空座上。我们还有很长一段旅程。我要抬着婴儿车的底座，费力地，吭哧着，爬上拥挤的台阶。我要把婴儿车的前轮挤进两扇即将关闭的地铁门中间。一个小时后，我们来到地上，走进晨光中，沿着上西区奶油色的人行道心不在焉地疾行。第二天，我会去苏珊那里，笑着接你回家。我们穿行的城市依然热情，我们在里面横冲直撞，健忘，且无敌。

我们把格丽塔的尸体送到手术室一个小时后，医院的管理者们悄悄把我们带到停车场。我们在令人迷失方向的阳光下，挤在出口附近，他们则仔细查看周围的情况：没有采访车。

我们意识到我们该和苏珊道别，她选择回家——径直回到昨天格丽塔过夜的公寓，事故现场拐角的公寓，她最后的早餐还剩一点在高脚椅上。"我没事的。"她不以为然地说。

我很迷惑，疯狂地扫了一眼杰克和斯泰西：这样肯定不行吧？得有人提出来吧？但杰克和斯泰西的态度很温和：他们早就无法说服她以他们的方式看待事情了。我看着她痛苦地弯下腰，拖着两条受伤的腿钻进一辆车，车门关上了，吞没了她。我想去追她，想对所有人大喊，我们应该救救她，但相反，我只是站在那里。

杰克取回了我们的车，我们驶入车流，突然被这座城市再次包围。我坐在副驾，莉兹、约翰和斯泰西坐后面。有人在前座底下发现一纸盒腐烂的西瓜片，臭气熏鼻。“真恶心。”杰克用低沉沙哑的声音气急败坏地说，斯泰西在后座上笑，用手来回扇空气，眼里含着泪。这个气味提醒我们，最近我们的生活一团糟。我们摇下车窗，放新鲜空气进来，杰克大声放着音乐。

此时我们家有一位清洁女工——我们忘了取消预约。她知道出事了。我朦朦胧胧地猜想，当她擦洗摆着沾有奶渍的婴儿杯的桌面，知道这个曾攥着这些杯子的孩子死了的时候，她会做何感想。

为了消磨时间，晚一点面对我们的家，我们在位于公园坡的杰克和莱斯利的那个一居室小公寓里和他们聚会。我们打开狗笼子，放出他们的两只比特犬——莉娅和伊万，我们瘫倒在他们的客厅里。斯泰西和莉兹躺在沙发上，她们睡着了。面无血色的她们貌似还活着。

我俯身靠近杰克的立体声音响，把车里的音乐转到上面：“我知道好日子会到来的。”一张试音碟里低沉沙哑的声音说。啤酒打开了。我们走进铁丝网围着的小后院。我们拉过来两把放在木屑上的绿色旧草坪椅。常春藤爬满砖墙。

我们发现我们被一种奇怪的幸存者的喜悦暂时鼓舞着，一边讲家里的故事，一边哈哈笑。有些甚至是医院里的故事，由悲伤的迷惘和困惑所引发的略显荒谬的言行。只是一提到苏珊，喜悦的表面就被刺破：我们都沉默了，我们脆弱的泡沫“啪”的一声破了。突然，丑陋的瘀青浮到表面，我们看到了自己的本来面目：一个破碎的家庭，拥抱取暖，仍在流血。接着，有人讲了个笑话，那个泡泡又顺顺当当地复原了。

我很快就弄明白泡泡是怎么回事了。它是流动的，瞬息万变，可以通向极端悲剧，而人会本能地适应。这种操作只是神经末梢和你迫切想生存下去的化学需要。你的体液——肾上腺素、内啡肽、血液——都在超时脉动，就像河水会在暴风雨中变得狂野。

下午的光线逐渐消失了，我们的后院派对也逐渐平静下来。杰克用手指钩着空啤酒瓶，抓着吃剩的三明治油渍斑斑的纸盘子，推开纱门。莱斯利的狗伊万飞奔进去，跳到沙发上。斯泰西跪下来，抱住伊万，伊万跳起来，把爪子搭在斯泰西肩上，疯狂地亲她的脸，狗感觉到悲伤时就会这么做。

“我知道，伊万。”斯泰西咕哝着，扭过脸去，避开令人不适的亲密，狗想直接亲她的嘴。“你是个贴心的小家伙。你知道大家都很难过，是不是？”

我们又挤回车里，一辆浅蓝色的本田飞度，保险杠上有破损，一张新的违章停车罚单塞在雨刮器下面，很显眼。我又坐在副驾，斯泰西开车，我的父母挤在后面。杰克偷偷把儿童座椅卸了。

邻居提醒我们，媒体在监视这栋楼。有人发现一个《纽约邮报》的记者沿着街区来回溜达，麦克风藏在一张报纸里。想到一只麦克风戳到我面前，我就厌恶，于是，斯泰西和我母亲闲聊时，我掏出手机，开始起草一份声明，以防我们被逼入绝境。

我养成了这种在注意力不集中时写东西的习惯，我父亲也是如此，他是一名泌尿科医生，他学会半夜呼机哔哔响时把身子挺得笔直。我是一名音乐记者和编辑，很多年来，一有空，我就写东西：站在地铁里拿着 iPad 写，去街角买牛奶时小声语音输入。

这种疯狂的行为部分源自我的本性，但同时我也在与一种原罪感的愧疚做斗争：我选择了一个蛮干的职业，与我所继承的何为“勤奋”的概念大相径庭。我的父母在医疗领域工作，为了干这行，他们都在社会经济的阶梯上煞费苦心地向上爬了几阶。

我母亲的家族是爱尔兰裔，工人阶级，来自纽约西部支持共和党的红区。她十七岁那年，父母希望她嫁给当地一个男孩。然而，她离开家，读了护士学校，上夜班，嫁给了她的第一任丈夫，有了我哥哥。在发现她嫁的男人是个酒徒后，她把他的酒全部倒进垃圾桶，离开了他，成了一名单身母亲。认识我父亲时，她已经冷静地决定，如果余生只能一个人过，她也可以。

我父亲在长岛长大，是一个不幸的破碎家庭的幼子，从小就渴望逃离。在美国上不了他想上的医学院，就申请了意大利的博洛尼亚大学，那个学校接受了他。一句意大利语都不会说的他，倒吸一口气，登上了飞机，在开始上全意大利语授课的解剖和医学院预科课程前，他沉浸式地学了三个月的意大利语。

我没有坚韧不拔的人生故事可讲。我是受益者，我被鼓励，被纵容，被开车接送，被保护。我是个吃奶的小牛犊，肌肉太柔软，皮肤太细嫩，我选择了一条荒唐的职业道路，将来可能扮演一个介于小城职业高尔夫球手和生日聚会上的魔术师之间的角色。我用光了我的“赎罪券”。

于是，我发明了写作时间。我用婴儿背带把格丽塔束在胸前写作，感觉她起伏的呼吸。两种使命的结合，费力地将它们可丁可卯地融为一体——我是一个父亲，也是一名作家——这对我起到了一定的安抚作用，我曾怀疑自己的生活是其他人夏令营版的生活。

停车时，我写完了声明。很短，只有一段，只是恳求不被打扰。感觉满意后，我把手机收好。我发现写作还有别的用处：保护我残破的小家。

我们绕过街角，还好，面对的是一条空荡荡的街道，我舒了口气。我对小门廊上、我脚下，曾拼出格丽塔的名字——五天前的游戏——的那支标记粉笔视而不见。我们的一个邻居写了一张阻拦媒体的告示，贴在大门上。门后面，我们的清洁工何塞正在喷清洁剂。他不太会说英语。格丽塔知道他的名字，每天早上跟他打招呼。看到我们，他的两只胳膊垂到身侧。“我很遗憾。[1]”他伤心地说。在我们交往的过程中，我们只拥抱过这一次。我们穿过大堂，走进电梯，畅通无阻，这种感觉很怪异。

我推开家门，迎接我们的是寂静。这里的一切都不知道格丽塔死了——她那匹笑容空洞的小红马，客厅椅下面的玩具桶，她常摆弄的紫色高脚椅的带子都不知道。我们把这个消息像天花一样带到每一个房间。

在这新鲜终极的静寂中，一只嗡嗡叫的苍蝇出现了。我们打开所有窗户，希望微风能把它引出去，然后坐下来，在一片寂静中，听它用头撞窗台。我们俩都没建议杀死它，这种话，我们说不出口。我们回想起两个星期前，一只苍蝇困在家里，当时，格丽塔对它的存在特别着迷。她的眼睛睁得大大的，跟踪那只苍蝇的动静，苍蝇落在每一个可利用的表

1 原文为西班牙语。

面，她光着脚，啪啪踩着硬木地板。我手痒，想拍它，但我们越生气，她的兴趣越浓，“苍蝇会去哪儿？”她一遍又一遍地问我们。

屡试不爽，凡是令我们不满的东西都能引起她的注意，直到我们被迫咬牙忍受。把讨厌的东西当伙伴是学步孩子的自然反应，这背后似乎存在着某种祸根或智慧：她觉得我们内心的空间太小，她推呀推，让它变大。飞回来的苍蝇像一出恶作剧，它在提醒我们：当你最不舒服的时候，当你最急躁易怒、心胸狭隘的时候，当你感觉自己被最糟糕的冲动抓住不放时，记住——我还在这里。

我们听这只苍蝇嗡嗡了整整一个星期，这期间，客人们来了又走，家里的家人和食物满了又空。

第一晚，亲戚们来了——我的姨妈和表兄弟姐妹们。他们一起来的，很勇敢，没哭，他们紧紧拥抱我，没多说什么。我猜，他们事先碰过头，达成了共识：不要在杰森和斯泰西面前流泪。我们举行了一场类似晚宴的活动。我让唱片一直放着：轻松的音乐，强劲的节奏，欢快的声音。桌上摆满了空葡萄酒瓶。我的布鲁克林邻居们和我的尼亚加拉瀑布表亲们愉快地闲聊着。格丽塔的日托班小朋友们的家长在和我母亲开玩笑。杰克又在弹吉他，我父亲像个小男孩一样蹲在他脚边，他们的关系很和谐。

看着父亲，我感觉心中涌起一股想要保护他的柔情。他是一个纯粹的人，他的慷慨不假思索，他的热情欠考虑。他总是能感觉到房间里的情绪氛围——尽管他不清楚该怎么做。

“你父亲总走到我跟前，跟我小声嘀咕。”斯泰西的朋友莉兹一屁股坐在沙发上，在我旁边，向我汇报，她跟着我的眼神看向他。“他跟着我从一个房间到另一个房间，拉我的胳膊，说些莫名其妙的话。你知道这是怎么回事吗？”

我皱着眉，摇了摇头。

斯泰西和我一直都很向往这种无须费力的团聚——我们认识的每个人，说说笑笑，线绕着我们的纺锤。格丽塔爱过的每一个人都在这儿。这本该是她生命中最盛大的聚会。

我悄悄溜走，推开格丽塔的房门。我坐在她橙色条纹的沙发上，轻声对她说话。我把她想念的所有人的名字报了一遍。我发誓每天跟她说话。我环顾她的房间：她的婴儿床上的毯子和毛绒玩具被拿走了；她蓝色的书架，上面贴满了从一元店买来的贴纸，那是清早做游戏时留下的；我刚给她买了一套书：《青蛙和蟾蜍》，现在让她看为时过早。我欲言又止，过去她在这里听我说话，当每一个词成为我储存在那个奇妙的小脑袋瓜里的一个小球、又存入银行的一分钱时，词语是够用的。在这里，在这个空旷的大房间，词语对我，或者对她，已经没用了。

我们的家人不情愿地离开了，去酒店住，留下约翰照管我们。他可怜巴巴地在沙发上守夜，斯泰西和我在床上啜泣。最近苏菲洋·斯蒂文斯出了新唱片——《凯莉和洛厄尔》，这张唱片在客厅里静静地旋转，是关于死亡和家庭的音乐。“我们都会死。”斯蒂文斯在这首歌里反复低吟。我的脑子和心里空落落的。

接下来的几天在我身上发生的一切就像传言、假想。后来回想起来，仿佛试图在基岩中开路——火山岩浆一旦冷却硬化，便成了风景。

我知道我允许自己做出决定，在盘子里装满食物，清扫道路。我用周边意识感觉到莉兹和安娜正在为我们筹办一场追思会。我被悲伤彻底击垮了，大家立即、一致承认这一点，给了我些许安慰：我就像一棵倒下的大树上点缀着地衣和蘑菇。

与此同时，斯泰西在考虑把格丽塔的哪些照片打印出来，挂在现场。不知为何，我们从没打印过格丽塔的照片：又是一个推迟的计划，因为我们觉得一定有时间。她把笔记本电脑放在腿上，在几百几千张照片中翻找，尽力找到合适的照片。亲戚的照片够吗？杰森的叔叔阿姨会出席追思会，谁能找到他们和格丽塔的合影？我们一直喜欢她穿这条裙子——我们来找一下她穿这条裙子的照片。

当斯泰西和坐在她旁边沙发上的莉兹讨论这些细节时，旁边的朋友和表亲也被拉进谈话中，我发现自己用眼角的余光瞥了她一眼，目光中透出敬畏和忧虑，我不知道，是否还有别人听到她无声的尖叫正穿透这一切？

悲伤的我在家里游荡，像一幅旧世界的绘画中的人物：恸哭、衣衫褴褛、攥紧拳头——斯泰西的创伤却没那么容易显露出来。如同任何一个天生共情能力强的人，她认为自己的感受是这个房间里第三或第四有趣的东西。结果，她的情绪是私人的、无言的，更多的是声音和感觉，而不是有意识的思考。它们只在不经意时逃离严密监管，而且有便利且令人分心的东西作掩护：面对一盘溏心鸡蛋，一台出故障的烘干机，一辆晚点的公交车，她会过分惊愕。

她坐在沙发上筛选格丽塔的照片，她的表情鲜明清晰，语气平静，陌生人根本看不出这是个悲伤的母亲，她可怕到近乎原始。然而，这是光之幻影，只有我看到可怕的疤痕和裂开的伤口布满她的身体。

此刻，她正专心调和两份独立的葬礼宾客名单：一份是参加追思会的，一份是参加午宴的。哪些人只参加追思会？该邀请谁参加午宴？名字像培养皿中的微生物，挤满了斯泰西面前一个对开页的文档。她不知所措，举起双手，无助地喊道："这是我遇到的最糟糕的事！"

莉兹面无表情地盯着她："我不这么认为。"

她们俩咯咯笑起来，笑声高亢，且疯狂。

临时的七日服丧期[1]过半，一天上午，我们聚在家里。我突然站起身。家里的气氛令我窒息，周围全是格丽塔曾经爬上爬下的桌椅。"我觉得，我得出去走走。"我宣布，"我想给晚餐多备点葡萄酒。"

我的家人警惕地看着我。"你确定要自己去吗？"斯泰西问。

"是的，我想。就买几瓶。我带着手机。"

我开始下楼，如释重负地一次迈两级台阶。

可是，刚到外面，我就感觉自己做出了严重的误判。无论看哪儿，眼里全是格丽塔，别的什么也看不见。我看见格丽塔在我前面跑，她跑向街角，绕过篱笆，去她的朋友雅各布的家。她开心地跺着脚，走过我们那条街上围绕着树丛的一片片"脏土"。人行道上的每一道裂缝都让我想起她睡着时，我推着婴儿车轧过裂缝，双手用力按着扶手，以免颠到她。

我从第一个路口向左转，意识到那是去公园的路。就在一个星期前，我们来过这边，她曾大声唱着《哔哔巴士》。

我愤怒地用掌根揩掉泪水，回到主路上，却发现游乐场

1 原文"shiva"，这是犹太教的习俗，在亲人去世后服丧七日。——编者注

就在前方。我感觉自己像一只从动物园里逃出来的动物，困在四车道的高速路上。阳光如一束电弧光射在我身上。

一只手碰了一下我的肩膀。“杰森。”原来是我们的邻居奥伦，格丽塔的朋友阿耶莱特的父亲，他住在我们家楼上的楼上。她们俩是一对奇怪的玩伴——阿耶莱特活泼但笨拙，总是咻咻笑，格丽塔狡猾而淘气，总爱坐着——但她们一见面就开心地尖叫。

我的表情是一道裸露的伤口，我没有风度或者时间，去调整出一个更见得人的表情，不过，他警觉且平静地接受了我的表情。“干什么呢，杰森？”他问，语气轻松且好奇。

“我们需要葡萄酒。”我指着街区，喃喃道，“我正要去买点。”

“买……葡萄酒。”奥伦缓慢地说，分析着我这趟差事的性质，“哦，好吧。我去给你买一瓶如何？给你带回来。你觉得怎么样？”

我盯着他，不说话。

“小事一桩，真的。你干吗不回家去？我把酒放在你家门口。”

我犹豫了一下，然后把手伸进运动裤，掏我带在身上的二十块钱，他让我别作声，一只手放在我肩上，把我的身子转过去。“别担心。”他说。

我给我的心理治疗师打电话。“她无处不在！”我大叫着，一只手按着太阳穴，仿佛在阻止血管爆裂。我抬头望天，风吹过树林，发出沙沙声。我看到每条树枝上的每片叶子都在颤动着说话。我的心理治疗师在说话。我专注于电话里的声音。

“你被吞没了，杰森。”她平静地说，“现在你应该回家去，你应该在那儿待一段时间。考验你的边界的那一天早晚会来，但现在不是时候。回家去吧。”

我挂掉电话，精疲力竭，麻木不仁。

在离大门还有五步远的地方，我看到了她们：两个女人坐在街对面一辆停着的车里，正在吃袋子里的什么东西。看见我，她们停了下来。我感觉脚下有个坑，于是放慢速度。除了贴在大门上“不准入内”的纸条，这栋楼里还流传着一封邮件，告诫邻居们在媒体面前保持沉默。凝视着车里的那两个女人，我忽然对所有这些保护感到不耐烦。我停下来，与副驾上那个女人对视。

她惊奇地睁大眼睛，随后眼神中透出疑惑：“我们应该过去？”我激动地招手叫她们过来。“对，对，快，我们来把这事了结。”她们突然变得严肃起来，放下袋子，抓起录音机，笨拙且匆忙地打开车门。我看着她们打起精神，调整面部表情，穿过马路。

矮个子女人眼神温柔且痛苦，她把录音机拿得远远的，好像它不干净似的。她说：“无论你想跟我们说什么，无论是

‘别来打扰我’，还是更重的话。你希望的话，我们也可以离开。”我怀疑她是不是等着有人准许她离开一整天。

“谢谢。”我说。我强忍住愚蠢的感觉，“我手机上有一则声明，我想念一下。”掏手机时，我注意到我的手在抖。我低头认真看着，读了起来：“失去她对我们是一场毁灭性的打击。我们对威尔·康奈尔医学院儿童重症监护室的医疗小组为她付出的努力感激不尽。”我停了一下，深吸了一口粗细不均的气，“当我们悲痛之时，我的家人要求大家对我们的隐私和空间予以最基本的尊重。谢谢。”我抬头看她们，试着控制住表情，我感觉自己的脸在抽搐。

“你太太怎么样？”其中一个人问，“外婆呢？”

突然意识到眼前的阳光和街上的行人，我向后退。“我……我正要回楼上，回到我的家人身边。”我说。她们还在说话。我扭头再次道谢，然后推开门。

两个小时后，报道出来了：我被描述成“心烦意乱”，大标题上写着我“恳求”大家尊重我们的隐私。我坚定又满足地合上笔记本电脑，我算是处理了一件事。

意外发生后的一个星期六，格丽塔的追思会在一所贵格会学校举行。礼拜堂宽敞明亮，墙壁是奶油色的。楼下，格丽塔的几百张照片挂在晾衣绳上，这是斯泰西的劳动成果。牛角包、丹麦酥、切好的水果和咖啡。楼上，屋子中央有一张带框的相片，旁边摆着一束花。照片是我母亲拍的，我们一致认为这张照片抓到了格丽塔的神韵：她站在树荫下，抬头对着照相机淘气地笑。我们希望现在她就在这样的地方。

我穿着结婚那天穿的棕褐色的西装，里面是一件钢青色的衬衫。穿衣服时，我挣扎了一番，试了两件衬衫，又都脱了。我手足无措——该穿什么衣服出席自己女儿的葬礼？但我知道，我不想显露出需要帮助的样子。

现在，看着哀悼者和亲戚们拥入校舍，奇怪的是，我感觉很轻松。我在一个有我死去女儿的世界里，和她共同生活了一百四十四个小时，我觉得引领这些表情惊愕的人面对新现实是我的责任。

我们正在做的事，可怕且难以想象，但不无美好之处。我像一块河中的岩石站在入口处，和多年不见的朋友们打招呼，同事、熟人，全都拥向前，拥抱我。我有一种怪异的感觉，仿佛是在参加自己的葬礼。现在我知道人们会说什么了，我想。他们正跟我说那些话呢。

我们，斯泰西和我，没有宗教信仰。涉及灵性的事情，我们是文化寄生虫，从别人的盘子里拿东西吃。我们的结婚誓言是根据犹太教的结婚契约——科图巴（Ketubah）改写而成的。我们都不是犹太人。我父亲丢掉了他的犹太教教育和其青年时的不幸，斯泰西儿时生活在弗吉尼亚郊区，那里的人大多信仰基督教，而苏珊是个狂热的无神论者。他们家那座平房在一座福音教堂斜对面，苏珊在约定的玩耍时间到来之前，当着去教堂做礼拜的孩子们的面给斯泰西下命令：“好了，这次你跟他们打听一下亚当和夏娃的两个儿子。他们的妻子是从哪儿来的？”上高中时，斯泰西在车的后挡风玻璃上贴了一条达尔文鱼[1]，苏珊鼓励这种小小的挑衅行为。

但我们认为科图巴是一种振奋人心的实用文书，写满如何共度美好生活的优美语言。我们甚至要踩在一块玻璃上完成仪式，不过，别忘了，嘎吱声可能会在我父亲的耳朵里痛苦地回响，我坐下来，认真写，用非宗教性的措辞，这是我们自己想要拥有的一份象征。如今回想起来，结婚誓言末尾我们对彼此许下的承诺有一种怪异的先见：“我知道，我们会面对无法预见的困难，但我有信心我们会共同面对，永不会忽视彼此。”

如今格丽塔死了，我们又伸手去拿别人的传统。我大学的一个女朋友从小是贵格会教徒，她对那种仪式的描述一直令我着迷——参与者只在有感触时才起身发言。

“哎呀，这不是很古怪吗？”我问，“静默的时候，你做什么？一直盯着自己的手看？”

“你就坐在那里，”我朋友说，“不古怪。”

---

1 达尔文鱼是进化论的象征符号，采用耶稣鱼形是为了对抗基督教的创造论主张。

格丽塔出生的两年前，我们在参加一个朋友的婚礼时认识到这种仪式的力量。我和斯泰西坐在靠近房间前部的座位上，都很焦虑。我们都不习惯不把寂静填满的理念，我们打赌谁会先站起来，不假思索地说出令人惊骇的话。

幸好，其他人熟悉这支舞的舞步，随着他们起立、发言、缓缓坐下，房间里的寂静再次开始催眠。朋友、家人和老师们讲故事、分享往事、引人发笑——一种自然的和谐感产生了，就像拨动一根琴弦发出的泛音。我和斯泰西惊奇地对视了一眼。我甚至在灵感的驱使下，站起来说了两句。当时说了什么，现在一个字都不记得了，但我仍能感觉到坐下那一刻心中洋溢的温暖。

格丽塔的追思会上，我和斯泰西坐在屋子中间，头一排。座位从这里向各个方向伸展，将我们包围。

一阵窸窸窣窣的声音，一屋子人意识到有事耽搁了：苏珊还没来，我们不能开始。进入这个房间必须爬一段楼梯——没有电梯，也没有坡道——她的腿受伤了，爬不了楼梯。我们坐在会议室里等待时，苏珊被迫坐上老式的电动楼梯升降椅，那东西一开动就嘎吱作响。我们在里面等，楼梯上的嗡嗡声隐约可闻，我为苏珊，也为我自己高兴，因为我们没有目睹她笨拙地上楼。过了好一会儿，苏珊才出现在后门口，她一瘸一拐地溜到斯泰西旁边她的座位上，尽量不被人注意到。她坐定时，我感觉她强忍着，没发出痛苦的呻吟。

丹尼在人群前面坐下。他是斯泰西在新英格兰音乐学院的教授，这意味着他比我认识她要早。我们约会的时候，他是我认识的第一个她的如父之人，我们握手时，我感觉他敏锐地上下打量着我。我们自然会让他来做司仪，这种人说起话来滔滔不绝，而且毫不费力。

他说："今天，当我环顾四周，我看到的是一个体系（system）。我看到这个体系今天活跃起来了。我们的责任，是用我们所有的爱来支撑这两个慷慨的好人。"

我母亲第一个站起来发言，我不无惊讶地发现，她是那么安静。通常她总是动来动去，其他人慢走时，她大步走，搞得身后的空气不停地颤动。

她看上去因心碎而消瘦，两颊凹陷，僵硬地站在那里，努力保持镇定。孙女的死似乎改变了她身躯的重量。"格丽塔浑身散发着魅力，"她读着写在一小张横格纸上的文字，"她眼中闪烁着神秘的光，你总想知道她在想什么。她一走进房间就会将它照亮，每个人都想在她身边，在她在的地方。每次想到她，我都想记住她带给我的所有的欢乐，因为她不会希望我们难过。"

接下来是我哥哥，我感觉他也全靠意志力保持镇静。他们都是钢铁一般的人，约翰和我母亲——他们是任务执行者，是能把事情做好的人。过去的四天，约翰飞回科罗拉多，搬进新居，我从急诊室给他打电话后，这件事他就一直搁置着。

葬礼那天，他带着妻子和两个孩子回来了。他是在飞机上写的发言稿。交给约翰一项任务就像给一只山地狗套上雪橇。他会心怀感激地全力以赴，仿佛执行这项任务可以释放一些原始的生存压力。

今天，约翰的表达清晰平静，他双脚叉开，张开双臂，仿佛要拥抱我们所有人。

“这个星期我在医院目睹的大概是我一生中最艰难、最可怕、最糟糕的事，”他说，“但我要告诉你们，我也看到了一些最惊人、最有爱、最仁慈的行为。那些事是我无法想象的，令我自愧不如、肃然起敬。斯泰西躺在格丽塔身边，抱着她破碎的孩子，直到不能再抱了为止。医院工作人员有很多善举，我本以为在那么艰难的环境中，他们会表现得更冰冷、更无情。最后，斯泰西和杰森做出了勇敢的决定——把他们的女儿所拥有的东西传续下去，挽救其他年轻的生命。”

他从笔记前抬起头，似乎在凝视我们每一个人。“今天，我和你们站在一起，一样痛苦，心中充满悲伤。但我非常感谢你们所有人，感谢你们支持我忍受这份痛苦。我不知道怎么熬过去，但我知道，我们肯定能熬过去，我们一起熬过去。”

轮到我发言了，我给格丽塔读了一封信。我前一晚写的。“归根结底，我和斯泰西深爱着彼此，才将格丽塔·格林带到了这个世界。”我说，“你们都是爱她、塑造她、邀请她融入世界的人。我们怎么能不为这个事实感到无比自豪呢？”

我讲完，这个房间向所有有感而发的人开放。沉重的寂静被我的朋友本分享的一个轻松的故事刺破，他说格丽塔曾经瞪着他，并断言：“你不是我爸爸。”水闸自此打开。表亲们发言，朋友们发言。我们的朋友詹娜，一个英文老师，读了伊莎贝尔·阿连德[1]的一段话，讲的是她成年的女儿葆拉去世后她是如何活下来的。“我们学会忍受悲伤，把它当成一个了不起的、可爱的伙伴，因为这是一种温柔的悲伤，它使你的心变得柔软，使你向一切开放。”

三个格丽塔的日托老师站在一起讲她的故事。一个叫托亚娜的女人说：“一天，格丽塔在一个朋友身边玩，那个朋友放了个屁，格丽塔看着我说：‘托亚娜，她的屁股打嗝了！’”斯泰西捏了一下我的手，我们都笑了。格丽塔是个厕所幽默行家。

随着仪式继续进行，我能感觉到房间里我们的悲伤累积的重量和我们分享悲伤的能力。我们在一同跨越某种庄严而可怕的门槛。我们朝着某个东西前进，我不知道会去哪里，但最初的认识犹在耳边。

斯泰西默默地坐在我身旁。她穿了一条华丽的桃色连衣

1 Isabel Allende，1942 年生人，智利作家，代表作《幽灵之家》，被称为“穿裙子的加西亚·马尔克斯”。

裙，无袖，印着大白花。这条裙子是我们把格丽塔送到苏珊家那天买的，那是格丽塔生命的最后一天。

我偶尔瞄一眼她和苏珊，这对母女。我不知道她们刚才挨得那么近会不会让斯泰西难以忍受。如今的苏珊，与其说是人类，不如说更像鬼魅，困在一间精致的私人牢房里，我连想都不敢想。她们之间有很多话需要说出来，但也有很多永远说不出口的话。

我确定斯泰西不愿意，也不能在这样的情况下说话。这是我们从医院回来后，她头一次出门。我母亲、我哥哥和我准备了讲稿，但斯泰西故意没准备。她天生不喜欢在公开场合讲话。相反，她会对问题进行探究。照片，它们用来分散注意力更加自然，也更符合她的风格。她鼓励人们拿走他们喜欢的家庭照片，为的是把格丽塔的精神传播出去，她告诉我。

然而，当丹尼示意我们收拾东西时，斯泰西摇摇晃晃站起身。她面色苍白，但目光如炬。她在生活中曾经扮演过的所有角色——女儿、姐妹、同事、妻子、母亲——我都看见了。这一刻，她有种压倒一切的美。

“你们很多人都知道，我不太擅长演讲。”她开始说。大家轻声笑。她先讲了个故事，意外发生前一天，她带格丽塔去看苏珊。那是她们在一起的最后一天，而她想当然地以为那不过是个平常的日子，她说，那天的大部分时间，她脾气暴躁、很不耐烦。她生气的时候，格丽塔也会生她的气。她后悔了。

然后，她开始讲苏珊和格丽塔的故事，她们的关系和她们在一起的时光。她说话时，我渐渐明白她在做什么了，或许也明白了她为什么会站起来讲话。斯泰西在公开赦免她的母亲。我惊奇地看着她，再次想起，我对她的内心活动了解得太少了。

此刻，我感觉她在从内心深处召唤她需要的那个版本的真相——为了活下去，也许这是我们都需要的真相。这个任务太艰难了，如同一块要被举过头顶的巨石。

“苏斯外婆是她在这个世界上最喜欢的人之一。”斯泰西说着，转过身直视她的母亲，“上个礼拜，我们曾答应她可以和你待一整个礼拜，她兴奋极了。她只想和她的苏斯外婆在一起。她度过了最美好的一天。”她说完了，泪水盈眶，声音嘶哑。她坐下来，耗尽了气力。

仪式结束后，一队队小汽车把人们带到我们家那条街上的一家比萨饼店。客人们走来走去，喝着啤酒，拿着杯子走到外面的人行道上。我老板在跟我父亲胡扯海滩男孩乐队（The Beach Boys），我的同事们不先介绍一下自己就抓住我父母，拥抱他们。每个人似乎都因为刚刚发生的一切——那不可思议的优雅而欢欣鼓舞。我坐在后面，这时，我嫂子梅丽莎向我走来，眼中闪着泪光。“我们本来不太确定你能否在这座大城市如鱼得水，”她含泪打趣我，“可是你看。”她说着，用手指了一圈，指着所有的朋友和我们周围的生活。

聚会逐渐结束，所有人回我家守夜。一些人聚在客厅里，一些人在厨房挑选食物。午后的光线令人悲伤，逐渐耗尽我们最后一点欢欣。

十个人，也可能是十五个人，坐在格丽塔房间的地板上，我靠在那个蓝色的书架上。光从两扇窗照进来。杰克盘腿坐在屋子中间，又弹起了吉他。这东西有用，这是他所能给予的。

他轻轻拨弦，低声吟唱。照办乐队（Wilco）的歌、格拉姆·帕森斯（Gram Parsons）的歌——他和斯泰西儿时听的歌。然后，他心照不宣且痛苦地看向我，开始弹艾略特·史密斯（Elliott Smith）的《酒吧之间》（*Between the Bars*）的和弦。这是一首黑暗之歌，只有你注意听歌词的时候才会发现，因为它的旋律还是很轻快的。每天晚上我都会给格丽塔唱这首歌的改良版，她的头靠在我肩上，身子越来越沉，直到她允许自己向无意识屈服。杰克在给我弹这首歌。

我唱这首歌给格丽塔听，因为“I'll kiss you again，between the bars”的意思可以是我透过婴儿床两根栏杆的缝隙吻你，也可以理解为，一对情侣被一间牢房隔开，或者酒徒们在串酒吧。我想到这首歌最后呈现的画面：“从前和你在一起的人

/ 你不想和他们厮混了 / 推推搡搡，不想屈从你的意愿 / 我会让他们保持安静。”这是我对她的承诺，只有我知道是什么意思。无论你想成为怎样的人，我都在这里为你扫清道路。

我还很有策略地改了其他歌词——“整夜不睡”变成“一觉睡到天亮”——但有一句没改的歌词仍在困扰我：“你未来的潜力 / 你永远看不到。”坐在我死去的女儿的卧室里，坐在空空的婴儿床前的地板上，我感觉给孩子唱这些词太可怕了，这是在诅咒一条充满希望的生命。

我闭上眼，开始唱这首歌：我能闻到她的味道。她浓密鬈曲的短发蹭着我的耳朵；她的胸部压着我的前臂，这种重量使人安心；隔着她的睡裤，我可以摸到她柔软的尿布。我的另一只手放在她穿的汗衫上。当她准备好了，真的准备好被放进婴儿床里时，我能感觉到一种微妙的变化——她的关节会放松，她的肌肉会变软。她的身体变得柔韧，当我把她放在垫子上，她的头向后仰，腿部弯曲，像一架巡游航天飞机对接空间站。

歌唱完了，我的声音逐渐减弱。过了一会儿，莱斯利轻柔地说话了，因为总要有人说点什么：“好听，杰森。”我知道这是我最后一次唱这首歌。

随着日子缓缓向前，客人潮退去，来宾日渐稀少。约翰飞回科罗拉多了。我的朋友安娜动身去了俄亥俄州。紧握着我们的小群体松开了手，早晚会剩下我和斯泰西，宜早不宜迟。

我父母是最后离开的。我母亲抱着我，在我怀里啜泣，她终于容许自己完全崩溃了。我紧紧抱着她，感觉她的瘦、她的小，她的个性那么鲜明，你很容易忽视这一点，我想，你终于哭了。我们，我母亲和我，曾经很亲近。在我青春期的某一刻，我们俩闹掰了，从此再也没有真正找到回去的路。

我母亲挺直身子，她的脆弱已经是遥远的回忆。她早早就学会了坚强，此后再也没有忘记：她再次不屈不挠起来。

我父亲悲伤地跟着她，无法直视我太久。我和他拥抱道别时，他紧紧地抱着我，仿佛想把我和他合为一体。但我感觉，放开我后，他就会飘走。他们俩在门口流连，犹豫，但他们没有别的地方可去，没有别的事可做。门“咔嗒”一声关上了。无论我们将来的生活变成什么样，现在只剩下我和斯泰西了。

那天晚上，我们被彼此惊讶到了，我们在沙发上抓住彼此，急迫饥渴地做爱。我们都流下了泪，然后爬上床，手握在一起，轻声说：“晚安，格丽塔。”我们滑到镜子般睡眠的表面之下，里面依然没有梦。我们睡懒觉。现在我们每天上午都会睡懒觉。

接下来的几天，朋友们继续给我们送吃的，我们吃，不停地吃，狼吞虎咽地吃，吃冰箱架子上溢出来的一切。我们用凉葡萄、热炖菜、充满奶油奶酪的烤百吉饼——用任何能将家里新来的、喧嚣的、寂静盖过的东西来填满我们的感官。

我们独处的第二晚，斯泰西打破了这种寂静，她用手机播放了一段格丽塔的视频。意识到它们可能给我带来的伤害，我曾拒绝看视频，但听到她的小声音从手机的小扬声器里传出来，我灵魂的一部分想把一根手指戳进那个裸露的伤口，在里面乱翻，直到找到一根活着的神经。我走到斯泰西身边，说："再放一遍。"

视频里，格丽塔穿着运动裤，没穿衬衣。那是睡前紧张调皮的时刻，她在唱《山谷里的农夫》（*The Farmer in the Dell*），她用她最好的朋友"爱娃"的名字替换了"农夫"，听起来像"爱娃和白天"（Eva and the day），这是她上午在日托所，在"圆圈时间[1]"学到的版本，这是一首早上用来欢迎大家的歌曲。

我把这首歌，还有她唱歌的样子忘得一干二净，意识到这一点，加上看到她又动又唱带来的震惊和冲击，我趴在地板上哭了起来。我在想：我还忘了什么？她还唱过什么歌？

我打开笔记本电脑，开始把记得的事疯狂地写下来。我回想起看着她学爬行，渐次移动肢体，一只手伸向空中，同

1 欧美国家幼儿园、中小学常用的一种教学策略，教师会带着学生围坐成一圈，开展某项课程。——编者注

时试探着移动后腿。她花了很长时间——对于一个婴儿的心理时间而言，她肯定觉得自己学了一千年。然而，她全神贯注，安静且坚定。她从没发过牢骚，从没大惊小怪过。她只是学习。默想、好奇、专注：现在我离目标更近了吗？

她喜欢安慰人。如果我嘟囔了句什么话，她就会走过来，问："爸爸，你怎么了？"我会说："没事，宝贝女儿，爸爸只是有点沮丧。"她会拍拍我的肩膀，让我放心："没关系的，爸爸。"

她是我在自己身上，或者我周围的世界发现的所有美好的东西，加上完全属于她自己的一切：固执、爱护他人、顽皮、意志坚定、好奇。她在决定什么东西适合自己时有点硬脑壳。"你是自然之力，宝贝女儿。"她十个月大时，斯泰西笑着对她说。

她在人群里会感到不舒服，和我一样。唯一的例外是家人，和家人在一起，她从来不嫌人多。屈服于睡眠之前，她做的最后的事之一是在黑暗中背诵她爱的所有人的名字。

我们怎么会如此彻底地辜负了这个小家伙？

格丽塔的尸体已经从验尸官那里送到曼哈顿市中心的一家殡仪馆了。乔是一个战战兢兢、令人尴尬的男人，戴着金袖扣，坐在我们对面他那张胡桃木办公桌前，桌子底下铺着鲜红的地毯。她就在这里。

殡仪馆的一个人——不是乔——在电话里告诉我们，如果我们想在她的尸体火化前去和她的遗体告别，我们可以去了。乔为此深感不安，而且不加掩饰。她的尸体受损严重，他告诉我们。各种器官被摘除了。首先，她很小。她的尸体在验尸官办公室停放了一周，用于解剖。他明确表示，没有什么好告别的了。

当乔眼圈湿润，做出近似同情的表示时，我的心厌恶地缩成一团。“你看，我不知道是谁告诉你你可以见她。”他说，“但你要相信我：你不会想见她。你最好只记住她曾经的模样。”

回家两个星期后，我们就回去上班了。这个时间选择荒唐且粗暴。然而，当你处于极度震惊状态时，一切活动似乎都是完全合理的。我们各自的老板让我们放心，我们想休息多久就休息多久，但我们有一种本能的冲动，想一头扎进人群中，希望有人把项目交到我们手中。

斯泰西的工作多了一重复杂性：四年前，她离开音乐行业，回到学校，现在她是一名营养专家和哺乳顾问，在 WIC（妇婴童计划，全称：Women，Infants，and Children），一个为低收入家庭的孩子提供照顾的组织工作。每天上午她都要面对一望无际如潮水般涌来的新生儿和格丽塔那么大的学步的孩子。她从没和任何一个新妈妈谈过格丽塔。我搞不懂，在看着我们的女儿被推走后，她怎么还有应对婴儿的能力，跪下来和其他人的孩子说话，而且日复一日——这是我无法理解的。

她也有点搞不懂，她承认。她能想到的最合理的解释是："我的意思是，婴儿永远不会让你感觉糟糕。在婴儿身边，你永远不会感觉糟糕。"我听了大吃一惊，但又不能跟她争论。

机构工作的单调给人慰藉，她说。她检查箱子，提醒大家吃蔬菜水果。她给新晋父母忠告，帮他们走出新生儿的生活带来的令人手足无措的困境，她沉浸在他们耗时耗力的问题里：我要多久给孩子喂一次奶？第六天她要换几次尿布？接下来的二十四小时，我们该如何度过？这样她可以将自己的悲伤升华，甚至暂时忘却几个小时。只有在车里，她才会哭啊，哭啊。

偶尔，她会从办公桌后抬起头，发现自己正盯着一个和格丽塔一天生日的男孩或女孩。这种感觉很痛，但她也想有机会和格丽塔那个小部落里的什么人说说话。

我回到 Pitchfork[1] 做编辑，这是一个我做了很多年自由撰稿人的网站。和斯泰西一样，我也是新人，才入职三个月。

1　独立音乐信息杂志，是一个优秀的音乐杂志平台，成立于 20 世纪 90 年代中期，在国际音乐界有相当高的知名度。——编者注

第一天，在地铁上，我觉得自己浑身瘀青，仿佛只要有人戳到我，我就会放声大哭。和我一个办公室的人看见我就退缩，他们对我极其友善关照，但我感觉他们在我背后忍着不打哆嗦。

我在震惊的表面滑冰，我做的事似乎没有异常或出格的。没人对我有什么期待。我来上班，或者不来。我偷偷溜进办公室，或者偷偷溜出去，白天上着班突然消失，只要我给一个同事发条短信就行。这是一种巨大的、骇人的自由。

这几个星期，我发现我选择的职业有某种隐蔽且讨厌的东西。听音乐确实催人奋进，音乐是一根通向情感最深处的导管。音乐也可能只是噪声，一块遮蔽感觉的毛毯。

有一张专辑刺破了坚冰，那是两个洛杉矶女孩制作的专辑，她们自称 Girlpool。那是一种篝火晚会音乐（campfire music），手指弹拨出两个吉他和弦，歌词讲的是对青春的顿悟，我感觉这些歌就像太阳从整个脑子里升起。有一首歌很合我意，歌名叫《我希望你能看见》（*I Like That You Can See It*）。我尝试时刻抱有这个想法。

第二个星期，那一整个星期，每天晚上，我都出去玩。一个叫 Mitski 的唱作人在一个小舞台上演出。她完全征服了舞台，她的两腿叉开，头发向后甩，灼热的眼神盯着每一位观众。我站的地方比较靠后，站在我同事詹身后，演出票是詹订的。Mitski 以她的招牌歌结束整场演出，那是一首充满反馈噪声的摇滚歌曲，高潮部分有这样一段歌词："我不会成为我爸爸希望我成为的人 / 我想成为我的身体要我成为的人。"那一刻，即使我意识到格丽塔永远不会有 Mitski 这种自我表达的深刻时刻，也不会过上詹那种充满艺术和可能性的生活，我依然兴奋不已。

除了这类短暂的时刻，多半时间无声流逝。有的日子，我困惑、惊惶，仿佛从一个不熟悉的黑屋子里醒来。*这是怎么了？我怎么会这么难受？*过了一会儿，我平静下来，我想起来了。*哦，对，我在地狱里。*这个想法将我置于特定的时空，就像一个点落在地图上。当我被这样的认知武装起来，我的目光清澈了，走路时，腰板挺直了，呼吸也放缓了。

站直并激发出悲伤的光辉后，我们发现自己被它的单调乏味放倒了。我们每天去上班，每晚在不同的餐馆谈论我们处理的问题，都不怎么碰食物。我们喝葡萄酒，但喝得不太多。我们看电视，这个节目，那个节目，胡乱看几个小时，然后上床睡觉，一觉睡到早上八点多，天天如此。我们不对任何人大喊大叫。谁也没生病。

只要你的情况独一无二、不同寻常，事情永远有机会恢复"正常"，只要你经受得住。"我们这样是不是太久了？"斯泰西有时哀伤地说，"我们不能让她回来吗？"

所有人都说他们敬畏我们。"我敬畏你们的勇气。"朋友们告诉我们，“你们俩真鼓舞人心。”我渐渐开始讨厌听到这些话，仿佛水龙头嗒嗒滴水，我恨不得拿扳子把它拧死。“我感觉自己是个昏迷的病人，被人祝贺还没死。”我告诉斯泰西。

比这无处不在的关心和在意更糟糕的，是一种潜在的威胁，那就是这种东西会消失。他似乎想让一切恢复正常，我的朋友和同事们从我的行为举止中得出这样合理的结论。我继续上班。我继续应酬。我给朋友们发笑话。我关注新闻，并发表评论。我买新衣服，好衣服，新眼镜。我感觉自己给世界发出了一个坚定固执的信号：我不是什么精神颓丧的男人。但我不确定是否想让任何人相信我确实如此。

一方面，在聚光灯下应付亲人的离去令人难以忍受。另一方面，从所有这些敬畏和关心中我们得到了援助。归根结底，我在扮演受伤。某一部分的我想永远这样继续下去：游戏继续，但仍严肃地为我所操纵，且对我有利。起立鼓掌，仿佛在欢迎英雄，我靠近时，防线消失——我想让这一切无限期地继续下去。事情会恢复正常的理念——人们对我的期盼：不只是活下去，而且要勇敢地跨越障碍——报税季、拥挤的通勤、最后期限——使我想到，真正的痛苦并不在受了重伤的腿上，而在于断骨愈合的方式。

到了第二个月，我在医院时感觉到的那种势不可当的想死的冲动减弱为一种痛苦。我对死的渴望如今变成了一种随身携带的东西，就像枯草热。雷蒙德·卡佛[1]曾在他的一则短篇小说中写过一个人物，说他“明白了，他情愿是个死人”，仅此而已。回忆的闪现、戏剧、流逝，或过渡的时刻、亲人和家人悲伤的哭泣、葬礼——没一样能引起我的兴趣。我只对死亡的状态感兴趣，终止一切进一步的感觉、想法和经历。这在我看来是完全合乎情理的，甚至令人愉悦，就像投入熊熊烈火，让它焚毁你所有的感觉。

我应对这种自杀式绝望，就像你忍受肋部手术后的剧痛：这对我所处的状态是一种必要条件。这种感觉似乎一点都不奇怪，甚至不会令人苦恼。实际上，这是我最正常的感觉之一，它的合乎逻辑能给人安慰。当我疲惫或紧张时，心里就会迸出这种东西，当我数自己的呼吸时，一个揪紧的心结就会松开。

有时，午休时间，我会走到单位附近的码头。从办公室出发，只需三分钟便能走到一块人烟稀少、分布不均的田野。一路上总有可能碰到同事。但我把这个公园当成避难所，经常去，我在一棵小树苗下躺下，望天流泪。还有的时候，我登上水边陡峭的岩石，任微风吹拂脸庞。在那里更容易放松，更容易对着水大喊。

1 Raymond Carver，1938—1988，美国当代著名短篇小说家、诗人。著作主要有短篇小说集《请你安静一下好不好？》《当我们谈论爱情时我们在谈论什么》等。

“哦，宝贝，我很生气，”我呜咽着说，“我去哪儿都会找你。如果你还活着，你会说很多话。但那一大块砖头击中你时，你才两岁。”

我抬头，歇斯底里地大叫：“砸在头上！竟然他妈的砸在你头上！你还在长头发啊。”我哭泣，我呜咽。我对着空无一人的四周喊叫：“你为什么要这样对待我们？你为什么要对她做这种事？她才两岁呀！你为什么要这么做！”

没有人可以交谈，没有一个人可以谴责。我听着波浪拍岸的声音。微风吹动我的臂毛。我双手捂住脸，用力下压。我听到涛声，我闻到海港刺鼻的味道。我呼吸不均，直到呼吸放缓。然后，我转过身，走回办公室，坐在电脑前，回三十封邮件。

我是一个丧亲的父亲。我的独生女死了，她只有两岁。她被一栋楼上掉下的一块砖头击中了头部。有时候我听到这些话随着打字声在我的脑子里跳舞。我不知道余生这些话我还要说多少遍。

“是啊，听起来不错。”我告诉一个拖稿的作者。

“那条没更新。”我给一个宣传人员写信，他又把话题转回到那个纳什维尔乐队，看到评论，他们一定会很兴奋。他们在怀疑我有没有努力帮他们做宣传。

“我真心觉得我们应该报道这个。”我写道，然后把一个专辑合集点击“转发”给坐在我不远处的几个编辑。

格丽塔是一场意外的受害者。意外发生了。我不得不学会一再陈述这个令人痛苦、令人难以接受的消息。每次互动，我都是那个通报“宇宙大撕裂”的信使，一个携带“一切都不会好起来”的信息走进每一个新房间的符咒。我提醒大家人类历史上最不受欢迎的信息：孩子——你的，我的——他们不一定能活着。

我在一所中学街对面的咖啡馆里干活。上课前那会儿，这里总是挤满了活泼、爱说话、任性的孩子。

“等等——谁把谁的手硬插进一坨屎里的？”我听到一个声音说，一个女人的声音。我抬头看。一个年轻的姑娘推开咖啡馆的门，后面跟着两个满脸兴奋的男孩，八九岁的样子。

“萨莎干的——强迫伯特。”一个男孩指着另一个男孩尖声说。他们咯咯笑起来。

女人耐心地微笑，为了制造喜剧效果，她翻了个白眼。“真恶心，萨莎。”她说，“我敢打赌你妈喜欢。”

她大概是个固定的保姆，或者是他们的小姨。反正，她照看他们，从他们的肢体语言就能看出，他们已经在彼此的陪伴下度过了无数个小时。

她给他们买了牛角包，在我附近的一张桌前坐下，两个男孩心不在焉，小口吃着点心，你捅我一下，我抓你一把。我戴着耳机，但没放音乐，所以，他们不太清晰、像在水里听到的那种声音传进我耳朵里。我可以偷偷借着他们的小故事暖手。另一个男孩显然给学校写了一篇短篇小说，王子是其中的配角。

“太了不起了。”那个姑娘边说，边赞赏地摇头晃脑，“你的短篇小说里有王子这样的人物真是令人捧腹大笑。”

“但愿我们永远是你最喜欢的孩子。”男孩说，显然，他们爱她爱到不能自拔，任何人都会如此。我想成为她，享受无条件的爱的气流。

我认出坐在他们身后那桌的母亲，她的孩子也上格丽塔去的那家日托所，可能是露西的妈妈。她和一个我不认识的女人在这里见面。那个女人在徒劳地抱怨孩子的幼儿园老师。“别误会我的意思。黛博拉小姐好极了。玛迪很喜欢她。我只是希望不要有那么多派对。这个星期就有三次生日派对，这意味着玛迪要连着三天中午吃纸杯蛋糕。她一见到我就血糖崩溃。但我不想做那个禁止纸杯蛋糕的妈妈，你知道吗？”

我盯着她们，我惊愕地发现，我讨厌她们。她们说的语言曾经是我的语言，我的日常用语。现在，我有新的日常用语——“颅骨手术”“脑外伤”——它们的味道就像塞了一嘴火山灰。我讨厌她们每一个人——她们未经检验的幸福，她们竟然奢侈到担心什么纸杯蛋糕，简直讨厌透顶。我希望她们和她们的家人倒霉。

显然，我的灵魂里最新出现的这些愤怒令我恐惧。它从我的心里涌出，这是我的生活排泄的一种新废物。我惊慌地看着它，仿佛水从一个窟窿里涌入一个曾经安全的小船：无论我多么匆忙地往外舀水，低下身时，总会有更多的水。

我离开咖啡馆，急匆匆地朝地铁站走去。车门打开时，我才惊恐地发现，我踏上的这节车厢里挤满了小孩子。我硬着头皮走进去，感觉他们漠不关心的目光灼烧着我。

这里是布鲁克林，到处是学步的孩子和幸福的家庭，多得叫人难以忍受。无论去哪儿，都有孩子从我身边走过，跟随着回声，用他们可能的未来对我咿咿呀呀。偶尔，我发现自己正对某个孩子做鬼脸，想看他们咯咯笑。这种时刻，我在跟自己做斗争，一方面从他们开心的反应中偷偷获得欢乐；另一方面鼓起勇气面对那个避不开的问题："你有孩子吗？"

斯泰西和我经常讨论这个问题。回答时，她会估计一下对话的深度，以及是否还有可能再和这个人说话。她不会告诉食品杂货店的收银员，或者卖给她护手霜的女人，是的，我确实有过一个孩子，但大约一个月前，她意外离世。哦，她该把卡插在这儿，还是刷卡？

斯泰西只说没有孩子，所有人都不会受伤，也不会牵连其中。我则每次都选择艰难的方式，看到他们错愕的表情和那个表情所代表的"我很遗憾"。无可指摘地在陌生人的生活中引爆这颗手榴弹给我带来了内疚而又冷酷的满足感。人家只是出于友善或人类的好奇才问了这个问题，我却回了个扫堂腿，这是残忍、不厚道的表现。“是啊，我有过一个该死的孩子。她死了。祝你下午愉快。”

我每天上瑜伽课，快下课，做休息冥想时，我都会泪流满面。但无论我多么勤奋地开辟道路，我都知道要让我的双手和头脑保持忙碌。在这个层面上，悲伤只是一件会发生在你身上的事，一系列你必然会经历的事，就像出生。它比任何单个连贯的想法更大更深：当你受伤如此之深时，看上去就像无所事事。我想。

自从出了那场意外，我就避免去那个公园。那个公园是我们的，格丽塔和我的地盘，每一棵树，每一片叶子，每一条从我们身边经过的狗狗都属于我们俩。即便还没从震惊中缓过来，我仍确信，只要去那个公园，我的防线就会被攻破，我就会被她死后我第一次出门时的感觉淹没。

后来，有一天，夏日的光线开始变化，醒来时，我有一种熟悉的感觉，心里痒痒的。我要去公园跑步。我逗弄着这种冲动，想确定这种想法是不是疯狂。但我感觉自己不一样了，反正比以前坚强了。我换上短裤，系上运动鞋的鞋带，在手机上找出一些动感吵闹的音乐，创建一个播放列表。

我走出去，只感觉到太阳的温暖。我绕过街角，那里通向公园西南门外的大草坪。街道宽阔、安静、阴凉。外面一个人都没有，我无须点头打招呼，进行眼神交流，或者绕着走。

我走进大草坪，跑过一片片都是孩子的区域，眼睛直视前方。我左边，一支中学橄榄球队在做速度和耐力训练，他们疯狂地练习脚尖跳，然后趴下做俯卧撑。我右边，两个男孩懒洋洋地挥拍，把一只棒球击到网上同一个突起的点。我从他们旁边跑过时，球击到网上，发出很响的“砰”的一声，但我没有退缩。我来到公园边上，网球场在我右边。

来到公园门口，我的心忽地一颤，奇怪的是，我突然兴高采烈起来。*我认出她了*。格丽塔就在附近。我感觉到了她期待玩耍的活力。*过来找我呀，爸爸*。她说。泪水喷涌而出，顺着我的脸颊恣意流淌。*我听到你的声音了，宝贝女儿*。我低声说。*爸爸这就过去找你*。

我欢喜地走进公园，立刻发现了她。她在等我，她藏在范德比尔特游乐场和鸭塘中间那片空地上的一棵大树后面。她从树后走出来，手舞足蹈，咯咯笑，就像我们过去经常玩的那个游戏。我们正在卧室里玩，她跑进走廊，要么赤身裸体，要么穿着尿布，她顽皮地看我一眼，问：“格丽塔在哪儿？”我装出一副很困惑的样子，把地板上的玩具翻过来，看她是否在下面，我再朝沙发后面瞥一眼，假装恐惧地抱着脑袋：“哦，不，我们做了什么？”我哀叹道，“我们把她弄丢了！”她哈哈大笑，跑回来，宣布：“格丽塔立刻就回来了。”

站在公园里，盯着她，我发出一种奇怪且原始的声音，深沉浑厚，像捧腹大笑，刺耳尖锐，像抽噎。你在这儿啊。你选择了公园。选得好，宝贝女儿。我跑向她，忘了周围有人。她怀着期盼的喜悦，扭动着身子。我俯下身，双手托住她柔软的腋窝，她的肩胛骨碰到我的指肚，我把她举到空中。过路人看不到她——她在那棵树旁边站着，一边大笑，一边拍手，而对他们来说，那个地方什么都没有，只有一块草地，我的怀里什么都没有，只有空气。但她并不是为了他们来这儿的，她是为了我。

她向下凝视我，她笑起来的样子像我，嘴角都笑歪了，满月脸都笑皱了。我弯曲手臂，把她的脸拉近我的脸，慢慢地亲吻她。然后把她放回到草地上。

你就待在这儿，好吗？我说。爸爸去跑会儿步，好不好，宝贝？

我转过身，开始绕着池塘使劲跑，我们曾在这里把她的手放进水里，撩起水，说：“我们开始吧，鸭子们！我们开始吧！”摆动四肢时，我的腿筋呻吟着，打开了。我的身体苏醒了。游乐场在我身后退去，她曾坐在那架秋千上，我推着她，她用“一闪，一闪，亮晶晶，满天都是小星星”的旋律扯着嗓子唱“便便，便便，便便，便便”。我旁边的一个母亲面无表情地说：“如果我的孩子今晚说‘便便’，我肯定知道他是从哪儿学来的。”

当我的胸腔像风箱一样鼓起来时，我感觉她充满了我的心，随之而来的是她死后几个星期我经常会感觉到的那种陌生的情绪高涨。悲伤到了极点会有一种可怕的美，每一种情绪裂变都令人头晕目眩。世界充满了意义和含义，你周围的世界，平日里那么坚固无情，突然看上去稀薄、透明。我感觉我发现了一个开口。我还不太清楚后面有什么。但它就在那里。我摆脱所有束缚，开始冲刺。

我正脚踩苍穹，有一种新鲜而陌生的神魂颠倒的感觉。我父母把我培养成一个世俗之人，我在教堂里待的时间从没超过一个钟头。但我认识到，为了格丽塔，我什么都能做。也包括成为一名神秘主义者，也许这样我还能继续享受她的陪伴。

再次来到公园边上，我停下脚步，感觉一股话语的急流将我淹没。我摸索手机，无意识地选择最近的文档，有一堆待办的事和购物清单。我在一条买皮塔饼的提醒下面，在一个联合包裹服务公司的验证码上面的空隙里这样写道：“对我来说，这个地球上将会有更多的光。”

THREE >>> KRIPALU

三 / 克里帕鲁瑜伽

我站在彼得面前，我们四目相对，双手合十。“我看到了你的悲伤。我感知到了你的痛苦。”他低声对我说，他的绿眼睛近乎冷酷。

“我看到了你的悲伤。我感知到了你的痛苦。”我对他重复道，尽量不把目光移开。

彼得个头比我高，头发贴在头皮上，我能察觉到他身上有蓝领的那种羞怯。我们十一秒钟前才认识，是悲伤组的老师把我们凑到一块儿的，我们还没来得及握个手就开始了破冰练习，这种感觉就像喷灯的火焰射到皮肤上。我不用回头就知道斯泰西在我身后某处，看着一个陌生人的眼睛小声念咒时，她心里不自在地扭来扭去。当我与彼得对视时，我感觉到他的恐惧表露无遗，他惧怕将和某种更深层的东西抗争这种私密公之于众，这令他无所适从：他本来对这一屋子的折叠金属椅和悲伤的陌生人有所保留，而正在减弱的痛苦促使他去面对。

练习结束了。我放下彼得的手，他放下我的手，我们对视了一会儿。破冰练习起作用了："或战或逃"的荷尔蒙在我们的身体里流动，我们注视彼此时，目光更锐利了，就像动物在被吃掉前看到灌木丛窸窣晃动。

"大家都坐下来吧。"研讨课的老师大声说道。

我的视线从彼得转向斯泰西，她站在我身后，看上去心烦意乱。她用目光提问，我用目光回答："是的，我没事。尽管一团糟，但我没事。"她微微点头，同意我的说法。我们坐回到离门最近的最后一排的两张折叠椅上。

这两个座位是我们根据我们的一条原则有策略地挑选出来的：如果我们中间有一个人感觉不舒服，或者被一种掌控不了的过于讨厌的情绪抓住，我们就用胳膊肘碰一下另一个人（我们有个暗号），然后离开。我们天性都不太合群，我们把这个特质也传给了格丽塔：我带她去过一次邻里跟唱会，其他小孩都热切地跑到领唱的女人跟前，扭身子，拍巴掌，她的小手却抓着我的肩膀。我能听见她没有说出口的问题：爸爸，这些人在干什么？

十一月了。格丽塔已经走了六个月。我扫视了一圈房间，想到她，心里不安：我们在干什么？马萨诸塞州斯托克布里奇的克里帕鲁瑜伽学院在纽约城北边，开车沿塔康尼克州际公路走大约要三个小时。这里大概有六十个人。一些人失去了年龄比较大的孩子——吸毒过量、自杀、车祸；一些人失去了配偶、母亲或父亲。我们都有一个共同点：在我们身上发生了本以为只会发生在其他人身上的事。我们都是被生活、环境、计划表逼到这里来的，推推搡搡，各就各位，最后还要被这个课程的老师逼着像小学生一样一个挨着一个。悲伤操纵了许多我们曾经以为属于我们的东西。

这个课程的名字叫“从悲伤到相信”，我和斯泰西大声说出这个名字时都会撇一下嘴。老师叫大卫·凯斯勒，一个死亡学家和悲伤专家，他和伊丽莎白·库伯勒-罗斯合著过几本书，伊丽莎白·库伯勒·罗斯提出的五个心理阶段已经被神化，她俨然是西方悲伤界未被封圣的圣人。

除了凯斯勒，还有两个静修老师致力于我们的情绪和形而上学的痛苦的不同阶段。有一个叫保罗·丹尼斯顿的瑜伽老师，他专门研究一种叫“悲伤瑜伽”的东西，每天早饭前，我们都会做这种瑜伽，一屋子哭声，有人呜咽，有人痛哭。第三个人是个叫莫林·汉考克的灵媒。

开车来上课的路上，我和斯泰西反复谈到莫林。她会做什么？我们对灵媒这个概念的熟悉和接受度仅限于乌比·戈德堡的粉红色药盒帽和她在电影《人鬼情未了》里翻的白眼。我们的脑海中涌现出许多滑稽的场景。她会说我们听不懂的话吗？她会倒在地上，身体剧烈抽搐吗？我们无知的笑话背后隐藏着未说出口的担忧：悲伤把我们变成什么样了？我们是不是与天真、容易受骗，且有意受人蒙骗的人为伍了？

这些话，我们都没说出口，原因大概是，连我们自己听起来都觉得刺耳刻薄。相反，在车里，每隔半个来小时，我们就紧张地对彼此重复一遍同样的承诺，一个人会说：“你看，这么做可能很奇怪。但如果我们有谁反感这个，离开就是了！我们不是非要在那里不可。我们这么做只是因为我们想这么做。我们可以一走了之。”

到了那里，过了一会儿，我们才清楚我们的退出计划不可行。凯斯勒说：“我这个地方只有一条规矩，如果你觉得你需要离开，必须告诉我。这个屋子里的每一个人的生活中都有某个人消失，所以，谁想从这里走出去，必须事先跟我说一声。”

斯泰西和我对视了一眼：操。

凯斯勒穿了件带领圈的衬衫，外面套了件浅蓝色的贴身毛衣，很适合日间电视节目柔和的白光。一个很小的耳麦在他左边嘴角谨慎地偷看，他在我们面前走来走去，好像我们是他客厅的家具。他的声音高且柔，抚慰心灵，他流畅的言辞被润饰成发光的口号：“悲伤是对已经失去的一种关系的反映。”他说，当你把一句话重复千遍，说起来就会带着他这种欢快的抑扬顿挫。“它反映了你对那个人曾怀有的爱。”

他身后，一张PPT演示文稿亮了起来。我在屏幕上看到我的生活被无情地削减为几个简洁的要点，即五个心理阶段：否认、愤怒、沮丧、挣扎、接受。有个人好奇地念出了声：“和雪争论。”

他在投影仪的光束前走来走去，影子塞满屏幕。凯斯勒问我们：“假设外面正在下雪，我站在外面，满腔怒火，你觉得怎么样？想象一下，你进门时从我身边走过，我指着落在地上的雪，大叫道：‘你不该在这儿！不该下雪！我不喜欢雪！别来这儿！’”

有人窃笑，他停顿了一会儿。“你会怎么说？你会说，‘我的天，这儿有个疯子在跟现实争论’。你会说，‘大卫，天在下雪。昨天也下雪了。你是在和雪争论’。”

说到这儿，他停下脚步，脚跟一转，扫视了一圈房间。“当有人拒绝承认现实时，我就会这样告诉他。我试着告诉他们，‘你在和雪争论’。换句话说，你可以有自己的看法，什么看法都行，但现实会获胜。

“我想，人们没有意识到有一点很重要，一颗破碎的心也是一颗敞开的心，”他继续说，“那是一颗敞开的心，可以被治愈，被改变，被重塑，可以为新型的爱发展出新的模式。有一件事我希望我们一起努力，那就是开始想办法接受那颗破碎的心，允许它感觉到疼痛，并成长。”

悲伤就是治愈，治愈就是悲伤——这些哄人的话给我安慰，就像脑门上贴了块发热贴。他说话时，我感觉自己必须把那些复杂的想法清理掉，那种带有别致的、有条件的、铰链式的复杂想法会向各种诠释敞开。听众中已经爆发出抽噎声——整个周末都会充斥这种环境噪声。每一排的末尾，一盒盒纸巾——便宜、粗糙、拉鼻子——许愿蜡烛似的放在那里。有需要时，纸巾会从排尾传到中间。

“悲伤是流动的，不停变化。”他提醒我们，“作家安·拉莫特（Anne Lamott）曾经说过，你的脑子是个坏邻居，永远不要独自走进去。”最重要的是，“悲伤像指纹一样独一无二。我们可以给你展示不同的阶段，但它们并不是线性的。到头来，没有一个人，没有任何东西能把你的悲伤地图交到你手上。”

这堂课持续了一个半小时，上完课，他说：“好啦，去吃午饭吧，回来后准备面对莫林，她会和你们一起做一些特别刺激的事。”

午饭后，莫林上课前，我和斯泰西还有几分钟可以消磨。我们在楼下溜达，路过几块广告牌，那里有一个叫“写下光明”的作家工作坊，还有一个即将开课的叫“勇敢面对癌症”的研讨班。大卫·凯斯勒的著作占据了左边那家书店一整个墙角架。大厅那边有一个咖啡馆，窗外是运动场，这里出售冰咖啡、冰棒和其他俗世享乐之物。人们闲坐着，玩手机，大声说话，头也不抬。

第二堂课开始的前几分钟，我们鱼贯回到工作室。一个身材匀称、银发寸头的中年男子同我们一起进去，并朝我们这边心不在焉地点了点头。我们紧张地微笑，在这个满是丧亲之人的房间里，社会行为规范很混乱。我们至少知道彼此的一件私事，但对细节一无所知。这有点像参加家庭聚会时，你唯独不记得远房亲戚的名字。

一对看着很年轻的夫妇在我们后面坐下，我回头看了他们一眼。不知道他们来这儿是因为失去了哪位亲人。从他们的行为举止来看，我们有可怕的共同点。他们形容憔悴、枯槁、疲惫，尽管很健康。我更认真地研究他们，寻找“死了孩子”的迹象。那个男人环顾四周，观察其他人，无意中，他的目光与我的相遇，他偷笑了一下，看向别处。那个女人直视前方，眼神空洞。

前面，莫林抓起麦克风，大步走出来，她开门见山，自来熟。她使我想起80年代末厚脸皮的喜剧演员，她在房间里走来走去，速度是凯斯勒的两倍，说起话来连珠炮似的，一口含糊不清的波士顿爱尔兰裔口音。

“小时候，我经常看见鬼魂在我们家附近游荡，”她说，“我们是爱尔兰人，我父母经常开派对，我还以为他们是喝醉了酒的客人呢！”有人大笑。她继续说：“我告诉你们吧，有时候不容易。坐地铁有点难，一个鬼魂用胳膊肘碰你，说：‘嘿，往那边挪挪！你坐在我孙子旁边了，我有话要跟他说。’一天，在杂货店，我想买把发刷，收银员的姐妹一个劲儿打扰我，上蹿下跳的。最后，我只好扭过头去，恶狠狠地说：‘你能不能安静一会儿？我只想买把该死的发刷。’后边没人！我转过身，柜台后面的女人看我的眼神好像我是个驱魔师。”

确切地说，她并不滑稽，但生气勃勃，温暖热情，屋子被她的活力照亮了。人们在笑。她停下脚步，对我们微笑。“你们知道，有时候，我表现得有点激烈，人们会觉得：‘哎，这个女人怎么回事？’”她承认道，“但我是想激发你们的活力。笑，哭，这些行为都会增加我们的活力，同时帮助我了解你们。”

她停止长篇大论，闭上眼睛，用一只手轻轻扇风。“好了，有人来了。”她宣布，眼睛仍然闭着。

我用眼角的余光瞥了一眼斯泰西，注意到她的身体微微前倾。我的身体绷得紧紧的。

“这儿有没有人……这儿有没有什么人……”莫林沿着中间的过道向前走，经过头五排椅子。她在我们前面，隔着三张折叠椅。所有人都微微扭头，目光跟随着她。她停下来。

“我看到一位妻子。”她说，“她死于癌症。她死于癌症，几年前。”她的眼睛还闭着，一个笑容在她脸上闪现。“哦，哇，她真有能量啊。”她的眼睛睁开了，目光茫然，她认真地说，仿佛在背诵，“告诉玛丽她必须读完大学。”她环顾四周，“这对你们当中的某个人有什么意义吗？”

和我们一起进屋的那个身材匀称的中年男子就坐在她面前，他举起手。“这是我妻子。”他清晰平静地说，“罗琳。她两年前去世了。”

“啊，啊，”莫林激动地说着，走到他面前，“你叫什么名字，先生？”

“我是菲利普，我女儿是玛丽。”菲利普说，“她母亲去世后，她一直很难过，她一直说要休学一年。我也一直在试图说服她留下来。”

屋子里一阵窃窃私语声。我和斯泰西又对视了一眼：天哪。

莫林邀请菲利普到前面去，他在投影屏幕前的一张凳子上坐下来。莫林坐得很近，面向他，伸出手，抓住他的一只手。她的另一只手仍握着麦克风。“这不是她去世后第一次联系你吧。”她问。

菲利普严肃地摇了摇头。不是，不是第一次。他说：“去年感恩节，所有的孩子和家里的朋友围坐在桌旁，就在这时，发生了一件特别诡异的事——家里所有的灯一闪一闪的。没停电，电炉和微波炉还开着。我们面面相觑，确认我们看到了同样的东西。”

莫林笑得更灿烂了，她又心满意足地闭上了眼睛。“那就是她。”她说，“那就是她。她在说：‘去年圣诞节！去年圣诞节！’这让你想起什么了吗？”

菲利普又平静地点了点头。“是的，确实。”他确认，“她说的是最后一次全家团聚。那是圣诞节，我们正在吃饭，灯

大魚讀品

A
BOOK
MUST
BE
THE
AXE
FOR
THE
FROZEN
SEA
INSIDE
US

所谓书，必须是砍向我们内心冰封大海的斧头

—

卡夫卡

KAFKA

大魚讀品
BIG FISH BOOKS

大鱼读品是磨铁图书旗下优质外国文学出版品牌，名字来自于美国小说家丹尼尔·华莱士的小说《大鱼》。我们认为小说中的大鱼象征着无限的可能性，而文学一直在试图通向无限。

大鱼团队将持续地去发现这个世界精神领域的好东西，通过劳作，锤炼自己，让自己有力，让好作品更好地被传播，从而营养自他，增进自他福祉。

大鱼的读书观、选书观基本可以用卡夫卡的这句话高度概括：所谓书，必须是砍向我们内心冰封大海的斧头。

THE UNLIKELY PILGRIMAGE OF HAROLD FRY

一个人的朝圣

[英] 蕾秋 · 乔伊斯 著 黄妙瑜 译

欧洲首席畅销小说，热销 5 年不衰，入围 2012 年布克文学奖。全球销量过 4,000,000 册，简体中文版销量过 1,500,000 册。
这一年，我们都需要他安静而勇敢的陪伴。

一个人的朝圣（精装版）

[英] 蕾秋 · 乔伊斯 著 黄妙瑜 译

80 万册精装纪念版，收录作者长篇专访、原版木刻插画、作者给中国读者的信，赠英文别册。
献给每一次对生活的胜利，对悲伤的疗愈，对爱的唤回。

THE LOVE SONG OF MISS QUEENIE HENNESSY

一个人的朝圣 2：奎妮的情歌

[英] 蕾秋 · 乔伊斯 著 袁田 译

布克奖入围作品《一个人的朝圣》相伴之作。
献给每一次对生命微小瞬间的朴素歌唱，对自我的照见，对爱的唤回。

KRISTIN HANNAH

THE GREAT ALONE

伟大的孤独

[美] 克莉丝汀·汉娜著　康学慧译

小说天后克莉丝汀・汉娜《萤火虫小巷》后碾压全球畅销榜的全新作品

爸爸总是告诫蕾妮外面的世界很危险，其实她的家里才是最危险的。

纸书榜、电子书榜、有声书榜，图书馆借阅榜四 GUAN 加冕！

你从热闹中失去的，会在孤独中找回来

CHRIS CANDER

THE WEIGHT OF A PIANO

钢琴的重量

[美] 克丽丝·坎德 著 袁田 译

《柯克斯书评》独立小说奖得主，独立书商图书奖金奖得主

钢琴见证了一段段生命的旅程，钢琴的生命，则是一首天涯与命运的长歌。

意识到自己不想要什么，就是意识到自己想要什么的开始。

MARY HIGGINS CLARK

WHERE ARE THE CHILDREN ?

幸福家庭的秘密

[英][美] 玛丽·希金斯·克拉克 著 曹艺凡 译

长踞《纽约时报》畅销作家榜 44 年 作品仅在美国就售出 1 亿册，美国悬疑小说女王、爱伦・坡终身大师奖得主、国际犯罪小说协会主席玛丽・克拉克家庭悬疑开山之作，全球风行 100 个版本，长盛不衰的悬疑经典！大卫・福斯特・华莱士、朱迪・皮考特、哈兰・科本等作家尊她为师影响了《别相信任何人》《消失的爱人》《火车上的女孩》《大小谎言》等作品

信不信由你，每个家庭都有秘密

GREGORY DAVID ROBERTS

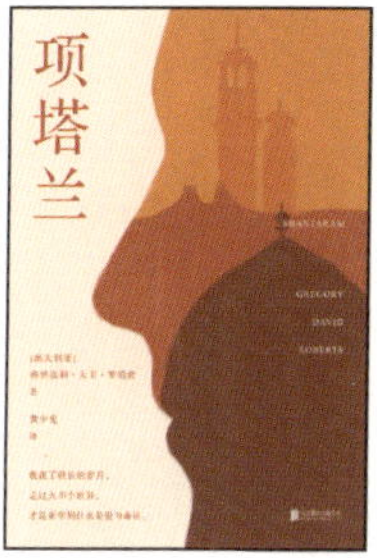

SHANTARAM

项塔兰

[澳大利亚] 格里高利·大卫·罗伯兹 著 黄中宪 译

一个文艺大盗的十年流亡，成就一部传奇经典，人生低谷时必读的涤荡心灵之书！
全球畅销 600 万册，发行 122 个版本，被译成 39 种语言
与《权力的游戏》并肩成为澳大利亚监狱被借阅最多的两本书

KATE CHOPIN

THEAWAKENING

觉醒

[美] 凯特·肖邦 著 齐彦婧 译

她一遍遍问自己，什么才是真正的生活？
美国女性文学第一部代表作，因“大逆不道”成为禁书
仍再版 100 余次，121 年来长销不衰，被誉为“蒙尘的经典”
因在文学上的卓越贡献，作者故居被评为美国国家历史名胜
作品被选入大学教材，成为美国大学生必读书
作家、资深媒体人郭玉洁 4600 字深入导读

SARAH WINMAN

WHEN GOD WAS A RABBIT

那时上帝是只兔子

[英] 莎拉 · 书曼 著 温凯尔 译

横扫 11 项图书大奖！凯特王妃私房小说
从 4 岁到 33 岁，一对兄妹如星月般的守护和陪伴

那些成长中的甜蜜与苦涩、困惑与孤独，
这本书都帮你说了出来，让你读完只想把它抱在胸口

FREDRIK BACKMAN

OCH VARJE MORGON BLIR VÄGEN HEM LÄNGRE OCH LÄNGRE

人生第一次

[瑞典] 弗雷德里克·巴克曼 著　余小山 译

第一次相遇、第一次告别、第一次陪伴，和第一次的爱
这个奇妙又温柔的故事，让你想起那些和家人、爱人共度的好时光
外面世界的精彩，远不敌眼前人的可爱

MATT HAIG

HOW TO STOP TIME

时光边缘的男人

[英] 马特·海格 著　侯茜 译

2017 英国读者与书店联名票选最爱小说。
“卷福”本尼迪克特·康伯巴奇出版前夕火速抢下电影版权，亲自主演、制作。

我写下这个故事，
是希望能让人们感觉不那么孤单。

공지영

도가니

熔炉：10 周年修订版

[韩] 孔枝泳著　张琪惠译

读者票选能代表韩国的第一作家、韩国文学的自尊心
孔枝泳口碑代表作
孔侑念念不忘，亲自投资主演同名电影，位列豆瓣电影 TOP20，9.3 超高分
韩国前总统李明博激赏，李现、朴赞郁、张嘉佳郑重推荐
我们一路奋战，不是为了改变世界，
而是为了不让世界改变我们。

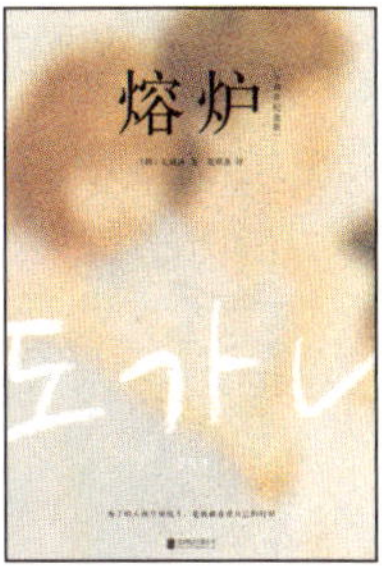

ANTOINE DE SAINT-EXUPÉRY

LE PETIT PRINCE

小王子（中法双语版）

[法] 安托万 · 德 · 圣埃克苏佩里 著　胡博乔 译　卤猫 绘

留在地球上的小王子
卤猫倾心绘制 30 幅插画
翻译家胡博乔原汁原味译自 1946 年法国首版
献给小王子诞生 75 周年

JONAS GARDELL

TORKA ALDRIG TÅRAR UTAN HANDSKAR

戴上手套擦泪（全三册）

[瑞典] 乔纳斯·嘉德尔著　郭腾坚译

3 册礼盒典藏。
瑞典每 3 个人中就有 1 个人为之落泪，王储亲自颁奖的国民小说。
同名影集击败《权力的游戏》荣膺欧洲电视大奖，豆瓣 9.1 高分。
相爱的人们，继续携手向前吧。即使有时候正确的被看作是错误的。

WENDELIN VAN DRAANEN

FLIPPED

怦然心动（中英双语版）

[美] 文德琳 · 范 · 德拉安南 著　陈常歌 译

豆瓣130万读者共同认可，
电影原著双语纪念版。
斯人若彩虹，遇上方知有。
韩寒、卢思浩、《中国成语大会》嘉宾郦波教授推荐电影原著小说。

OSAMU DAZAI

美男子と煙草

美男子与香烟

[日] 太宰治 著 吴季伦 译

昭和文学不灭的金字塔，永远的少年太宰治，

令人叹为观止的自传体短篇小说 12 篇

收录 导演王家卫钟爱的《美男子与香烟》/ 进入日本高校教材名篇《富岳百景》/ 珍贵绝笔之作《Goodbye》

女生徒

女生徒

[日] 太宰治 著 刘子倩 译

三度殉情，最懂女人的男作家**太宰治，**

令日本文坛刮目相看的女性小说杰作 12 篇。

呈现少女心的明亮太宰，理想主义的纯真太宰。

“能目睹《女生徒》这样的作品，是时评家偶然的幸运。”——川端康成

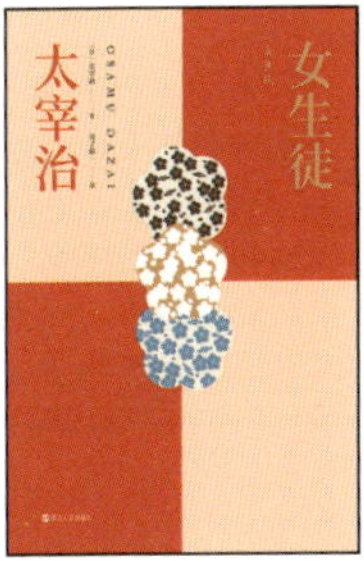

JÓN KALMAN STEFÁNSSON 冰岛三部曲

HARMUR ENGLANNA

天使的忧伤

[冰岛] 约恩 · 卡尔曼 · 斯特凡松 著 李静滢 译

冰岛桂冠级小说家 ‖ 诺贝尔文学奖实力候选！
英、法、西、德、冰、丹、挪等权威媒体盛赞本书“天堂般美妙”“每一段都像诗”“不可替代的光芒”“美的奇迹”
无尽的风雪、海浪群山，一个男孩和一个邮差的奇异之旅。

HIMNARÍKÍ OG HELVÍTI

没有你，什么都不甜蜜

[冰岛] 约恩 · 卡尔曼 · 斯特凡松 著 李静滢 译

冰岛值得阅读的桂冠级诗人小说家，入围 2017 年布克文学奖。
一场大风雪，一个男孩的三天三夜，那个古老迷人的冰岛世界。

HJARTA MANNSINS

世界尽头的写信人

[冰岛] 约恩·卡尔曼·斯特凡松 著 李静滢 译

当空中有云，海里有帆，鱼群昼夜不停。我想给你写信。
诺奖实力候选人、冰岛桂冠级诗人小说家斯特凡松步入世界文坛代表作，译为 27 种语言。
我们在字里行间纠缠着爱，所以才有了历史。

MARIA SEMPLE

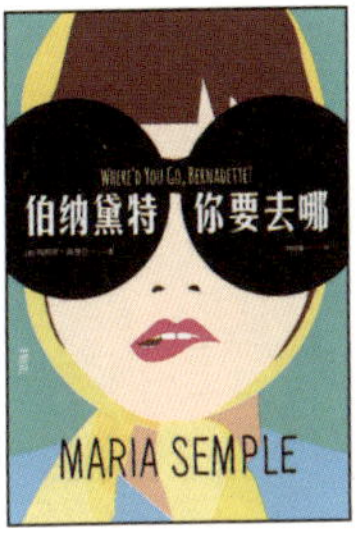

WHERE'D YOU GO, BERNADETTE

伯纳黛特，你要去哪

[美] 玛利亚 · 森普尔 著 何雨珈 译

“大魔王”凯特 · 布兰切特被小说折服，主演同名电影

席卷46国，全球销量超过700万册！

蝉联《纽约时报》畅销榜、美国国家公共电台畅销榜

长达88周Goodreads 超过30万读者打出满分好评，

136家媒体“年度图书”推选！

TODAY WILL BE DIFFERENT

今天将会不一样

[美] 玛利亚 · 森普尔 著 傅仪嘉 译

《伯纳黛特，你要去哪》作者肆意天才新作

出版即被朱莉娅 · 罗伯茨抢下影视版权并亲自出演女主！

《卫报》年度图书 《华盛顿时报》杰出图书 美国国家公共电台年度图书

美国亚马逊《纽约时报》《柯克斯书评》《美国娱乐周刊》“不可不读的100本书”

SOFIA LUNDBERG

DEN RÖDA ADRESSBOKEN

红色地址簿

[瑞典] 苏菲亚 · 伦德伯格 著 华静文 译

自费出版半年内凭借超强口碑卖出 32 国版权，

被 650 万欧洲读者推荐为“一生之书”的惊艳处女作。

人生很长，我们不必孤身一人

ERLEND LOE

NAIV.SUPER.

我是个年轻人，我心情不太好（20 周年纪念版）

[挪威] 阿澜 · 卢 著 宁蒙 译

北欧头号畅销书，挪威版《麦田里的守望者》
被无数读者津津乐道二十年。
给每一个迷茫的孩子和心情不太好的大人。

DOPPLER

我不喜欢人类，我想住进森林

[挪威] 阿澜 · 卢 著 宁蒙 译

北欧头号畅销小说《我是个年轻人，我心情不太好》第二季
被无数读者津津乐道 15 年并畅销不衰，风靡全球 41 国。打动了每一个在现代都市中生活、扮演某种角色，并感到疲倦的人。
逃避不可耻还很有用

조남주

82 년생 김지영

82 年生的金智英

[韩] 赵南柱 著 尹嘉玄 译

亚洲 10 年来罕见的现象级畅销书，《熔炉》《釜山行》原班主演孔刘、郑有美出演同名电影即将上映！
一个女孩要经历多少看不见的坎坷，才能跌跌撞撞地长大成人

DANIEL WALLACE

BIG FISH

大鱼

[美] 丹尼尔 · 华莱士 著　宁蒙 译

出版 20 周年修订典藏版，
豆瓣电影总榜 TOP100 口碑神作原著！
精彩程度不输电影！

不要相信所谓真的，相信你所爱的。

LIANE MORIATY

BIG LITTLE LIES

大小谎言

[澳] 莉安·莫利亚提 著 康学慧 译

全球销量突破 1000 万册！
妮可 · 基德曼、瑞茜 · 威瑟斯彭、梅丽尔 · 斯特里普
三大奥斯卡影后史无前例联合出演同名剧集。
荣膺 75 届金球奖 、69 届艾美奖最佳剧集。我们每个人都在说谎！
你说过什么样的谎，你就是怎样的人

THE HUSBAND'S SECRET

他的秘密

[澳大利亚] 莉安·莫里亚蒂 著　刘昭远 译

每一个“悬疑必读”书单上都有《他的秘密》
《大小谎言》作者，澳洲小说天后莫里亚蒂成名作。
有些秘密注定要永远保守下去，除非你做好了失去一切的准备。

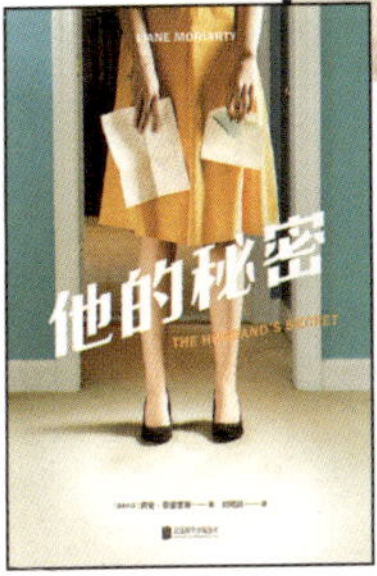

ANNE YOUNGSON

MEET ME AT THE MUSEUM

相约博物馆

[英]安妮·扬森 著 姚瑶 译

科斯塔图书最佳处女作奖决选作品
英国权威媒体盛赞:“如果你今年只读一本书，请读它！”
《一个人的朝圣》作者蕾秋·乔伊斯《穿条纹睡衣的男孩》作者约翰·伯恩动心推荐
如果《查令十字街84号》《一个人的朝圣》《玛丽和马克思》曾让你感动，那你一定不要错过这本书！
每一个看似习惯了孤独的人，心中都燃烧着被人理解的渴望。

PER PETTERSON

UT OG STJAELE HESTER

外出偷马

[挪]佩尔·帕特森 著 余国芳 译

国际IMPAC都柏林文学奖获奖作品
痛不痛的事，我们可以自己决定。

MIRA BARTOK

THE WONDERLING

狐狸男孩

[美]米拉·巴尔托克 著 王岑卉 译

仅凭剧情大纲，即在出版前以百万美金售出电影版权！
即将被《朗读者》《时时刻刻》导演史蒂芬·戴德利搬上大银幕！
被《卫报》《出版周刊》誉为“现代狄更斯”的纸上奇迹，不会让你失望哪怕一秒钟！
他能洞悉世间万物的秘密，却找不到爱他的人。

AUÐUR AVA ÓLAFSDÓTTIR

ÖR

寂静旅馆

[冰岛] 奥杜 · 阿娃 · 奥拉夫斯多蒂 著　黄可 马城 译

荣膺“诺贝尔风向标”2018 年北欧理事会文学大奖

冰岛版《一个叫欧维的男人决定去死》

人人都有自己的仗要打，当我和你在一起的时候，我想变成自己七岁时梦想成为的那种英雄

BRIT BILDØEN

SEVEN DAYS IN AUGUST

八月七日

[挪威] 布莱特·比尔顿 著　姜佳颖 译

一对夫妇的盛夏七日。暴雨如注后，一定与过去和解。

当代挪威最不容忽视的女作家

2018 年都柏林文学奖入围作品

即使在最亲密的怀抱里，最终也只能独自前行。

武志红

WHY FAMILY HURTS

为何家会伤人（百万畅销纪念版）

武志红 著

知名心理学家武志红
从业 25 年来公认口碑代表作！
1,000,000 册畅销纪念版，
中国家庭问题第一书！

家是港湾，爱是退路。

NICHOLAS D. KRISTOF & SHERYL WUDUNN

HALF THE SKY

天空的另一半

[美] 尼可拉斯 · D. 克里斯多夫　雪莉 · 邓恩 著
吴茵茵 译

每一个地球公民的必读书。——比尔 • 盖茨
普利策新闻奖得主讲述女性的绝望与希望。

A PATH APPEARS

走的人多了，就有了路

[美] 尼可拉斯 · D. 克里斯多夫　雪莉 · 邓恩 著
张孝铎 译

普利策新闻奖得主、美国畅销书《天空的另一半》作者重磅新作。
讲述微小个人也能让世界变得更好。
帮助他人所带来的力量，最终也能帮助我们自己。

THOR HEYERDAHL

THE KON-TIKI

孤筏重洋

[挪威] 托尔·海尔达尔 著　吴丽玫 译

诗人海子自杀时随身携带的四本书之一

畅销 70 年，被译介为 156 个版本，全球销量超过 3500 万册！入选联合国《世界记忆名录》，改编电影提名奥斯卡最佳外语片。木筏横渡太平洋！

ELEANOR ROOSEVELT

YOU LEARN BY LIVING: ELEVCEN KEYS FOR A MORE FULFILLING LIFE

生活教会我

[美] 埃莉诺·罗斯福 著　唐磬 译

美国前第一夫人埃莉诺·罗斯福写给年轻人的生活之书

恐惧、时间、女性、教育、独立、内心建设、自我实现，字字质朴，句句有声，影响五代美国年轻人。

MELINDA GATES

THE MOMENT OF LIFT

女性的时刻

[美] 梅琳达·盖茨 著　齐彦婧 译

比尔·盖茨夫人、《福布斯》权力榜女性领袖梅琳达·盖茨首度出书

比尔·盖茨亲自晒书推荐，入选奥巴马年度书单，巴菲特、奥普拉、马拉拉、艾玛·沃森、杨澜联合推荐！她和她讲述的女性故事，激励每个人摆脱无力感，认识到自身无限潜能；分享全球女性的困境与抗争，分享个人成长经历、微软职业经历、与比尔·盖茨的相恋过程和婚姻生活。

CHERYL STRAYED

WILD

走出荒野

[美] 谢丽尔 · 斯特雷德 著
靳婷婷 张怀强 译

连续 126 周盘踞《纽约时报》畅销榜！
仅美国就卖出 300 万册！
罕见地横扫 17 项年度图书大奖！版权售出 40 国！
每个人的生命中，都有一片荒野，
需要你自己探出一条路来。

CAITLIN DOUGHTY

SMOKE GETS IN YOUR EYES

好好告别

关于死亡你不敢知道却应该知道的一切

[美] 凯特琳 · 道蒂 著 崔倩倩 译

媒体力赞：“大开眼界”“一本改变你死亡观的书”“不被道蒂的讲述启发是不可能的”“让你一路笑不停的奇书”！！

我们越了解死亡，就越了解自己。

TAKESHI KITANO

北野武的深夜物语

[日] 北野武 著 李汉庭 译

李现、蔡康永倾心推荐，窦文涛在《圆桌派》与梁文道、许子东热情讨论的话题之书
日本殿堂级导演北野武诚意讨论梦想 、艺术 、文化、生命、专业精神、人生价值等话题。
虽然很辛苦，我还是会选择那种滚烫的人生

KRISTIN KIMBALL

THE DIRTY LIFE

耕种 食物 爱情

[美] 克里斯汀 · 金博尔 著 姜佳颖 译

诗意生活的典范、美国极具影响力的
田园生活家克里斯汀 · 金博尔畅销代表作。

“我想要一个家，有一间房子，有青草的气味，有晾在绳子上的床单，有一个在喷洒的水中跑过的孩子。”

吴晓乐

你的孩子不是你的孩子

吴晓乐 著

一位家庭教师长达八年的观察，九个震撼人心的真实家庭故事。

数月雄踞博客来总榜 No.1，同名网剧被称为“中国台湾版《黑镜》”。

这世间最可怕的伤害，打的旗号叫“为你好”

MATT HAIG

NOTES ON A NERVOUS PLANET

焦虑星球笔记

[英] 马特 · 海格 著 李亚萍 译

如果现代生活也令你焦虑，这就是给你的书。

国际畅销书《活下去的理由》续篇
《星期日泰晤士报》畅销书榜 TOP 1
英国亚马逊心理学畅销排行榜 TOP 1

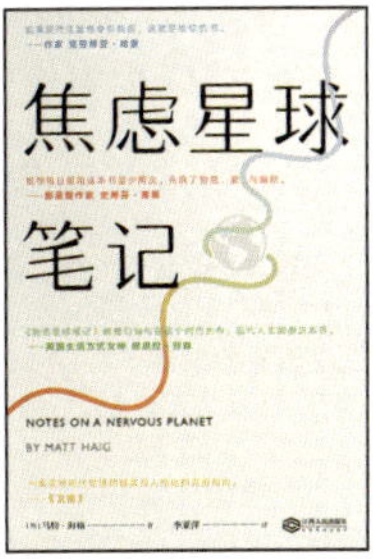

CHARLOTTE SLEIGH

THE PAPER ZOO

物种日历 2021

[英] 夏洛特·斯莱 / 大英图书馆 著　王岑卉 译

世界上最大的学术图书馆大英图书馆官方授权
穷尽大英图书馆馆藏，从 1 亿 5 千万件手稿、印刷品、珍本书中甄选出 365 帧稀有画作！
每日陪伴，每天都是遇见动物的时刻。
独特正方形开本，全彩八色印刷色、樱花艺术纸特种纸印刷。
函套烫牛油果绿金。张张皆可裁切做海报，堪称视觉飨宴。

VIVIAN MAIER

VIVIAN MAIER: STREET PHOTOGRAPHER

我是这个世界的间谍：薇薇安·迈尔街拍精选摄影集

VIVIAN MAIER: SELF-PORTRAITS

我与这个世界的距离：薇薇安·迈尔自拍精选摄影集

[美] 薇薇安 · 迈尔 摄　约翰 · 马卢夫 编

“她用孤独隐秘的一生，服事了影像的光辉与不朽。”

街头摄影界的凡 · 高　传奇保姆摄影师薇薇安 · 迈尔
隐没 60 年作品　精装、大开本首度原版呈现。

“这些是她最棒的一些照片，也许也是她留下的作品中最有启发性的了。”——《洛杉矶时报》

大魚讀品

big fish studio

磨铁图书旗下品牌

出 品 人 | 沈浩波

主　　编 | 冯倩

产品经理 | 魏凡　任菲　李一巍　汪欣　宋如月

营销编辑 | 高蒙蒙　何宇琪　叶梦瑶

书目设计 | 付诗意　沐希设计　蔡云璇

豆瓣账号 | 大鱼读品

联系邮箱 | bigfishbooks@xiron.net.cn

地　　址 | 北京市西城区德外大街 83 号德胜国际中心 B 座 10 层

微信公众号
大鱼读书 bigfish

微博
大鱼读书 BigFish

抖音号
大鱼读书 bigfishbooks

突然灭了。”

这一切并没有让菲利普激动到无法自持。他的声音深沉清晰，肤色黝黑，好像住在某地，大部分时间在户外活动。即使坐在凳子上，他仍双肩放松，腰杆笔直。莫林亲密的碰触、一屋子人的关注和妻子从来世捎来的期待——这一切似乎都在他的意料之中，莫林只是确认了这一点。他很平静。

屋子里又是一片抽噎声。我偷偷瞄了一眼身后那对年轻的夫妇。那个男人低头盯着自己的双手，那个女人似乎更自闭了。她的太阳穴微微凹陷，淡褐色的眼睛完全模糊了。

前面，上边，罗琳还在通过莫林强调女儿必须读完大学。“她不想罢休，其实，她正在用力拽我的肩膀。”莫林说，“‘务必做到！务必让她保证完成学业。’”她开玩笑地打了一下他的胳膊，说，“哇，这位女士可够霸道的啊，是不是？”

听她这么说，菲利普笑了，脸上新长出的皱纹加深了。他是个坦然面对困难的人，但他的声音很暖，“是的，夫人。”他简洁地回答，“她确实会这样。”

“哦，你们俩对彼此的爱超过一切，这对我来说是显而易见的。”莫林说，“上帝保佑你，上帝保佑你的家人。”她拥抱了一下菲利普，让他回到座位上，大家开始鼓掌。

房间里的气氛不一样了。各种各样的陌生人被一股相互需要的浪潮团结在一起，这种需要如此纯粹，我们突然不担心自己在外人面前什么样了。这里不再有无名的“容易上当受骗的傻瓜”，也不再有怀疑论者。斯泰西和我扭过头看彼此，我本想挑起眉毛，无声地问一句：怎么样？但我能感觉到自己面色苍白。我们这排末尾那个穿运动服的女人突然站起来，两腿交叉，坐在地上，双臂交叉，紧紧抱在胸前。

莫林又闭上了眼睛，我看见她眼皮底下的眼珠轻轻转动。我们又等了一会儿。“我看见很多文身，”她说，“一个男人，一个小伙子，两条花臂。”接着，“哦，天哪，他拥有了全新的能量，他说得太快了，我没法让他平静下来。他上蹦下跳。他不停地喊着：‘他在那儿！他在那儿！就在后面。’”她睁开眼睛，“后面有没有谁的名字是以‘P’打头的？肯定有字母P，P……彼得？有叫彼得的吗？”

我立刻在椅子上转过身，找我在破冰练习时那个吓得浑身僵硬的伙伴。慢慢地，仿佛自发似的，他长长的左臂举了起来。莫林从我们身边快步走过去，绕到后面他的角椅前。前面几排的人全都在椅子上转过身，眼神跟随着她。课堂上的“壁花”站到了舞台中央。

彼得身高六尺有余，坐在青灰色折叠椅上的他显得极不自在，两条腿张着，膝盖抵成锐角。但莫林等他时，他没有站起来。他只是抬头看着她，好像她是给他送姜汁汽水的空姐。莫林不会允许这种事情发生。

“哎呀，快，起来，起来！”她说着，向下伸出手，搂住他的肩膀，“我可不想蹲在这儿。”

他缓慢地、痛苦地展现自己，吐露心声。

“我感觉这是你的一个亲人，和你年纪相仿，”她说，接着，她又问，“你多大？”

彼得说话时没把头凑近麦克风，声音小到只有我能听见他在说什么：“我二十八岁。”

“好，他是不是比你年长几岁？”莫林问。彼得点头。“他是你的堂兄弟，表兄弟，还是……亲兄弟？”

“他是我哥哥。”彼得说着，抬起头，做眼神交流。说这话时，他的声音更清晰了。

莫林的目光和语气更柔和了。“他最近才离世，对不对？”她又停顿了一下，然后压低声音，“毒品吧？”

彼得的身体僵硬了些，但仍注视着她的眼睛。“海洛因。”他轻声说。

“啊，”她说，接着又说，“他什么时候走的？”

“两个星期前。”彼得说。

“哦，我的上帝。”坐在我旁边穿运动裤的女人小声说。

我想站起来，拥抱彼得，至少帮他挡住一屋子人刺眼的目光，我知道他讨厌这个，把他放在一个舒服的地方，在那里他不必忍受陌生人的注视。我坐在自己的座位上为他心痛。

“他想让你知道他很好。”莫林让他放心，“他只是一个劲儿地说：‘我知道我搞砸了，伙计，我知道我搞砸了。’他是不是戒过一阵子毒？”

彼得又点了点头，什么也没说。

“‘照顾好妈妈。’他一遍一遍地说。他说那是意外，他没打算那么做，他很抱歉。他爱你。”

此刻，彼得直视着她，背部挺直了。

“他就像一条大边境牧羊犬。”莫林笑道，“你比他小，可是你还得照顾他，是不是这样？”

彼得嘴角一牵，露出淡淡的微笑：“没错。”

“是啊，”莫林简单而又深情地说，“是啊。”

“‘我很好，告诉他我很好。’他不停地说，”她重复道，“他还说，‘谢谢你’。这句话说得特别响亮、特别清晰。‘谢谢你。’”她温柔地注视着彼得，“你对他来说是真正的好兄弟，这一点永远不会变。”她说，“他爱你。他希望你放松。”她学着彼得哥哥的样子，抓住他的肩膀，开玩笑地摇晃他，“嘿，伙计，放松！”

莫林碰他时，彼得有点畏缩，但慢慢放松下来。

“他经常跟你这么说吧？”她说。

听到这个，彼得咧开嘴笑了。“是的。”他承认。

“哦，好极了。你好极了，你的哥哥好极了。来抱我一下。”莫林热情地说，大家又鼓起掌来，这次掌声更热烈了。

随着课程继续，我和斯泰西发现我们渴望被选上。选我，我们默默地恳求。格丽塔，我们在这儿。格丽塔，到爸爸妈妈这儿来。莫林开玩笑地说，很多鬼魂排着长队，举着手，要求被选上。

“我想，这儿的大人可能太多了，格丽塔挤不进来。”斯泰西对我耳语道。

我想象我们的女儿在一场生日派对上，她站在我身边，一只手搭在她妈妈肩上，警惕地注视着欢闹的人群，伸着脖子窥视这里的混乱。我想，在这种房间，她根本没机会。我知道在哪儿能找到她：在后面，她注视着这个房间，将一切收入眼底。下课了，她毫无音信；大家排队往外走时，我和斯泰西坐在那里，不想动。

克里帕鲁是个三层的院落，向上走，你就会上升，并离开俗世：楼上不许打电话，在自助餐厅吃早餐不能出声。我们第二天早上才意识到后者，餐厅弥漫着葬礼的气氛，悄然无声，只有叉子的叮当声和喝茶声，我们穿行其间。我端着托盘，清楚地意识到托盘上的餐具和盘子的移动和咔嗒声。

我前面的斯泰西从扣着放的一摞马克杯里挑了一个棕色的，然后继续往前走，接饮料，突然，她转向我，眼珠子都快冒出来了，她用高声耳语对我抱怨，声音响彻整个房间，就像手里拿了个扩音器：“我的天，他们居然连他妈的咖啡都没有！”

我很抓狂，叫她别作声，我摆动手臂，就像在扇火。没有人扭过头看，但我感觉到感兴趣的人眼珠转动散发的热气。

她嘟嘟囔囔地，跟着我来到一张拥挤的桌子末端，我们在那里坐下。坐在我身边的女人手里拿着一本小开本的《圣经》，一边看一边把带葵花子的有机格兰诺拉燕麦卷送进嘴里。

“我想，他们不让出声就不会有人因为那该死的咖啡闹事了。”我们往外走时，她小声抱怨。接下来的两个上午，我们是在二楼的咖啡馆度过的，喝浓咖啡，刷脸书，享受同类——模棱两可的人、犹豫不决的人、浅尝辄止的人的陪伴。

令人难受的是，我对那对结婚七年的年轻夫妇——凯文和梅丽莎的预感是对的。两年前，他们失去了他们的小女儿卡莉，那年她四岁。没有意外，也没有疾病，一天晚上，她上床睡觉后就再也没有醒来。尸检了，什么问题也没看出来。“第二天早上，我进去时，她已经不在人世了。”梅丽莎说着，近乎抱歉地耸了耸肩。

第二天上午下课后，我们一起吃午饭，在可以望见田野的窗边。我明白她的肢体语言：由于不能提供一种更有意义的解释，而本能地怪罪自己。凯文盯着那盘藜麦菠菜，没什么胃口，小口吃着。他苍白地笑了一下，承认这个故事不够好。

梅丽莎说：“很难跟大家解释——我们的家人，她那所幼儿园的孩子们——她没生病。什么事都没发生。当有孩子死的时候，给其他孩子解释已经够难的了。卡莉的死连个原因都没有。我只是觉得，我是这个世界上最差劲的母亲。”

“其他家长怎么跟自己的孩子解释的？”我问。我记得格丽塔最好的朋友爱娃看我们的眼神里带着一种近乎宗教性的恐惧。一天，格丽塔死后大约十天，我们在街上碰到爱娃和她妈妈，爱娃躲在她妈身后。“没事的，爱娃，格丽塔在天上呢。”她母亲无助地说，试图把她拉出来，但没成功。她母亲身后爱娃那双棕色的眼睛犀利地看着我的眼睛，专注且责备：她最好的朋友突然死了，我们还站在这里，她只能得出一个结论——我们对她做了可恶的事。

斯泰西和我心情低落，默默地走回家。我们感觉自己是妖怪，是蛇发女妖派来吓唬幸运儿的。我们想象身后的汽车慢慢开向消防栓，花朵枯萎，商店橱窗破碎，老妇人们的起搏器出了故障，她们抓住胸口，倒在地上。

“没过多久，我们的一些朋友就不跟我们说话了。”我们把这个故事告诉她后，梅丽莎承认，“对他们来说，简直不可想象，我们也很难想象。没有人应该去想象。他们吓坏了，过了一阵子，就不想再见到我们了。”

斯泰西同意她的说法：“是啊，很多人承受不了。我并不为此责怪任何人。我们也吃不消。”我和斯泰西没说出来，但我们都对出事之后立刻来到我们身边的亲友们心怀感激。直视我们的眼睛时，没有人退缩，我们的亲友似乎都知道该说什么。没有人让我们感觉孤独，也几乎没有人逗留太久。我贪婪、急切地吸食这些爱，就像把面包皮压入汤菜的一角。

大多数日子，格丽塔曾经活过的证据只有一个，那就是我曾经是她的父亲。

梅丽莎和凯文是我们认识的第一对失去学步的孩子的夫妇，这给我们带来了可怕的安慰。一种社会耻辱感笼罩着这个俱乐部的每一个人，与新晋父母见面会和妈咪社团正相反，它令人焦虑不安。失去父母的孩子是孤儿，失去配偶的人是鳏夫寡妇。失去孩子的父母叫什么？这似乎是在告诉我，我们的语言里没有表述我们这种境况的词语。这是说不出口的，往深了说，我们就不该存在。

“这种感觉就像我藏在柜子里，试图搞清某个跟我说话的人是不是同性恋。”斯泰西评论这种偷偷摸摸寻找团体的努力。当我与愤怒做斗争时，斯泰西正在与孤独做斗争。其他人在哪里？斯泰西的世界地图坐标完全由可信赖的人、对话节点、智囊团和支持者组成。她找出并构建这些社交网络就像蜘蛛织网一样轻松。

任何人，哪怕是最不爱谈论私事的人，只要和斯泰西待上五分钟，她就能用她真诚的好奇心轻启他的心扉。表面问题——你靠什么谋生？会立刻让步于更丰富的内涵——他们怎么看待自己的工作，如果他们有勇气，如果有他们想交的那类朋友和自主的想法，他们还有可能做出什么样的选择。她是那种纯粹意义上的有魅力：没有歪的邪的，无所求，也不想达成什么不公平的交易。她只是想了解你。

然而，成立这个小组把斯泰西都难倒了。我们搜索了一下，冒出来很多互援团，帮助的都是流产的女人，或者有年龄比较大的孩子死去的父母，那些十几岁的孩子或吸毒过量，或死于车祸、自杀，或者死于癌症。有些年轻的父母，他们蹒跚学步、牙牙学语的孩子，本来结结实实的，突然就死了，找到他们几乎不可能。我们对自怨自艾保持警惕，就像每天都想着用牙线剔牙，只是有的时候，我们的处境恳求我们这么做。有的时候，我看见自怨自艾像邻居家的狗朝我跑过来，猛地躺在地上，给我看它的肚皮。来吧，放纵吧，它说。

斯泰西说："有一点还好，至少我们没有一个人可以怪罪，真的。而且对此没有……歧义。我们不必做什么真正艰难的决定。她肯定是活不了了，这一点很明确。"

梅丽莎说："至于卡莉，没人可以怪罪恰恰是最难的部分。你会怀疑你自己。即使你什么都没做过。你就是忍不住这样想。关于前一晚，我问了自己无数问题。我漏掉什么了吗？我们是不是没注意？可是，什么都没有。想生气……都难。"

"是啊，我的意思是，我们应该生谁的气吗？"我说出心中的困惑，"杀死她的是个该死的建筑。我怎么能对一栋建筑发火呢？"

"杰森愤怒得多，"斯泰西说，"我嘛……我不知道。"她垂下眼帘，突然不知所措起来。我看凯文的眼睛，想知道是不是只有男人爱发火。凯文和我对视，但他的眼神呆滞内敛。

他像这个小组里唯一不说英语的人，他被困在这个房间里，听着其他人喋喋不休地说着他听不懂的话。他只能给一个温和的微笑、一个无奈的耸肩。

“我们太早回去工作了。”斯泰西说，“当时我们需要那么做，但现在，我们真的希望可以多离开一段时间。”

“是啊，我记得卡莉死后，我只想去印度，”梅丽莎说，“如果可以的话，我很想找个地方静修一年。但是很难，我们还有一个更大的孩子。我们得照顾他，所以我们有很多事没来得及处理。诺兰真的需要我们，他也很困惑。”

前一晚，我们被要求给我们的亲人写信，梅丽莎和斯泰西都认为这个练习很难。“真不知道该跟她说什么。”斯泰西说，“对于一个两岁的孩子来说，她的话很多，她的语言能力非常好，我们真的很幸运，但即便如此，她喜欢的东西是……面条、巧克力。她真的很爱看《冰雪奇缘》。”

“我们本来要带卡莉去看《冰雪奇缘》的，”梅丽莎回忆道，“我们一起在电脑上看了预告片。电影上映前几个月，她死了。”

“哦，上帝，”我说，“你们后来看了吗？”

“看了，”她说，“那年十二月，我们去电影院看的，我从头哭到尾。”

我们一直采取不置可否的折中态度，于是决定不留在克里帕鲁，而是沿着那条公路开出去一里半地，来到一家随机选择的床位加早餐式旅馆（B&B）。我们借口那里的私人房间要价过高来证明这个决定是正确的，但说实话，我们只是害怕感觉到自己深陷其中。

前一晚，我们默默地并排躺在雕花的四柱床上。我们拿着手机，犹豫了一会儿后，开始无声地打字。即使只打了“格丽塔”这个收信人的名字，外加一个逗号，心里都是一阵剧痛。格丽塔不在了，这个空洞吸走了我们生活中所有的声音，迄今为止，我们对在这种空洞且纷乱的寂静下生活还是比较满意的。公开给她写信，没有中间人，或者起缓冲作用的人，就调高了这种缺失的音量，显然是危险的，甚至是不适当的，就像用魔法召唤鬼魂。

“嗨，宝贝，”我开始写，“为了你，爸爸妈妈也想好好的，因为你希望我们幸福。我们来到这儿是因为这里也有其他伤心的人，他们想念他们的爸爸、妈妈、朋友、兄弟，或者姐妹，甚至想念他们的小儿子，或者你这样的小女儿。”

泪水模糊了我的视线。我扭过头看了一眼斯泰西，她也在默默流泪，眼圈红红的，脸蛋粉粉的。我回头看我的手机，感觉痛到了骨头里。我紧闭了一下眼睛，泪水喷涌而出，顺着脸颊，在衣领上积成水潭。我继续写。

“哦，亲爱的，”我写道，“我们每天都想你。我们每天早上都想你，你不再叫醒我们，我们每天晚上都想你，再也不能吻你，和你道晚安了。”回忆如滚雪球。我打字的速度越来越快，我的信变成一声悲叹，一张清单，列出我们再也不能一起做的事：坐在地板上玩积木，指着书里的图画。写了几句后，我感觉我在自言自语，在跟我的自怜和我的孤独说话，她走后的空白被这些东西填满了。我还没停下来看看写得怎么样，只是盯着那五段文字。我写的最后一句话很简单：“我记得为人父母曾是怎样的感觉。”

写完后，我们交换手机。斯泰西写了两段。“有的时候，我害怕给你写信，宝贝，我也不知道为什么。”后面有一处写道：“你不在身边好难过，我知道很多事没能和你一起经历，我不禁要想，如果你还活着，你会变成什么样。”结尾令人心碎：“我每天都想你，格丽塔。对不起。”看到“对不起”，我微微屏住呼吸。

我用眼角的余光偷偷瞥了一眼斯泰西的脸：她是不是在默默忍受自责？我对此感到疑惑。在我成为格丽塔的父亲之前，斯泰西早就是格丽塔的母亲了。她怀着格丽塔，当格丽塔在她体内游动时，她轻声跟她讲话。她们在超越语言的层面上互相理解。

我回想起格丽塔降生之时，我曾目睹她们难以言喻、令人敬畏的协作。格丽塔即将出生时，面朝下。母亲每一次用力，她那小小的、斑驳的、紫色的脑壳都会露一下，与其说她是人，不如说更像是内脏。接着，她退后，一个从无到满的动作，再次回来。“她的心率好极了。”助产士丽塔用一个手持设备监测，她用就事论事的口吻告诉我们。

每次宫缩，斯泰西都会抓我的一撮头发。一开始，由于顾及旁人，她呻吟、深呼吸，后来她敞开自己，发出原始的声音：喉咙里发出尖叫，这是你的基因遗传获得控制权的声音。

宫缩又来了，斯泰西再次抓住我那撮头发，我的头皮麻酥酥、火辣辣地疼，格丽塔的脑袋又出现了，悬在那里。接着，离奇的事发生了，眼见为实，我看着她来了个一百八十度大转弯，面朝上了。看到她头上那点头发，以此为参照点，我才敢确认她真的出生了。我侧躺下，脸与斯泰西的脸齐平，告诉她发生了什么。她闭着眼睛，专注于比我们所有人更深的某处，露出微笑。接着，她的眉头又蹙在一起，大声且热烈地说：“她来了。”接着，又用了一下力，或者两下，斯泰西把手伸到两腿间，把格丽塔拉了起来。

“嘿，美人儿。”斯泰西轻声对她说，斯泰西面色苍白，身体颤抖。格丽塔哇哇大哭，立刻拉了她母亲一胸脯，漆黑的胎粪盖住她们俩，她的两只小脚虚弱地蹬来蹬去，像一只困在浮油里的鸟。

我听见身后丽塔的加利福尼亚口音没那么悠闲了，“妈妈出了点血。”她说。医护人员忙乱，我没注意，器械叮当，我没看见。格丽塔的两条胳膊呈T形，像所有新生儿那样原始、无助地摆动。斯泰西轻拍她，小声说："嘘，嘘。"某一刻，我低头看丽塔，看她在做什么，回忆中，她的样子逼真，而又梦幻：她戴着头灯，戴手套的左手拿着一根针，把一根纯色长线从斯泰西体内我不想看的某处向上拉。

因为失血，斯泰西的胳膊抖得更厉害了，于是她把还在大哭的格丽塔交给我。我把她的小身体放在我的左肩上，第一次在她耳边唱起了《酒吧之间》。她的哭声断了，而后渐渐平息。

几个小时后，流了一床血，床单、护垫什么的，被团成一团，丢进墙角一个很大的生物危险品处理桶。一个护士把一个纯色的摇篮放在我们床边，像士兵在军人葬礼上折叠旗子那样熟练地用襁褓把她包起来，放在里面。她让我们睡觉，她刚一走，我们就轻轻地把格丽塔抱起来，放在床上，我们俩中间。我们看着她小鸟似的胸骨上下起伏。斯泰西凝视着她，深情地欣赏她。笑容改变了她的面孔，使她容光焕发，她又说了一遍："嗨，美人儿。"我意识到，她们俩认识彼此。她们一起通过了人生最棘手的考验，携手合作，共同呼吸。

作为格丽塔最初的守护人，那个怀着"格丽塔的身体"的身体，斯泰西是不是也携带了某种类似原罪的罪恶感？我想起和伊丽莎白的对话，那时她的女儿克拉拉才出生几周，她正和产后抑郁症做斗争。"那种感觉就像有人抓着我的一个内脏，或者左臂。"她评论看到其他人抱克拉拉的感觉。失去孩子的父母说他们自己的“一部分”也死掉了，这再平常不过，但读了斯泰西的信，我再次想到，那句“对不起”对她来说实实在在，对我却只是象征意义上的存在。

与凯文和梅丽莎共进午餐时，我看了他们一眼，不知道信在谁手里。我怀疑只有梅丽莎写信了，也有可能落笔时，她一个字也写不出来。凯文大概在手机上猛敲，用规整的10号字无声地尖叫。我捧着马克杯，抿了一口热花草茶，心想，真奇怪，四个成年人出来吃饭，每个人身上都带着一封写给自己死去的孩子的信。

我们从餐厅走回工作室。斯泰西和梅丽莎在前面边走边聊，凯文和我落在后面，大部分时间默默无语。我们坐下来时，我看到了斯泰西的眼睛，发现她眼中有新的东西：光，尽管微弱。斯泰西难过时，眼睛就会暗淡下来，像夜晚港口钢灰色的水。现在仿佛有人往水里丢了一丁点光，那个东西迅速下沉消失，但在此之前，仍向水面发出了一个微弱的信号。

“我希望大家都休息好了。”大家安定下来，准备上下午的课。大卫·凯斯勒对我们说，“大家还记得吧，昨天下课前，我让你们给亲人写封信。都写了吧？”

大家低声说是。

“大家都把信带来了吗？好的，太棒了，你们干吗不把信拿出来？”

我环顾房间，突然响起一阵窸窸窣窣的摸索声。我看见坐在我们前面的梅丽莎从包里掏出一张黄色的法律文书，展开来，手紧紧捏着纸的边缘。她浑身紧绷，手指边儿发白。我瞥见上面潦草的红字，在看清上面的字之前，我移开了视线。即使扫一眼，我都觉得自己不干净。

“谁想读读自己的信？”凯斯勒问。

斯泰西用胳膊肘轻轻戳了我一下。她知道我默默地渴望引人注意，我需要这个。我倾向于在聚光灯下站得更直，她则本能地往后缩。在我们的婚宴上，大部分时间她处于一种近乎恐慌的状态，加入哪一群人都会引起一阵骚动。

我慢慢地举起手，仿佛举手的同时还在思考这么做对不对。凯斯勒的目光落在我身上，我感觉整个房间的能量在随着他移动。他是一个沟通大师，这个房间的操控者，他极其熟练地捕捉并引导一群伤心人的情绪，而且他的做法似乎不存在任何高风险。“好的，就是你，”他大声说，“给我们读读你写的信吧？先跟我们讲讲这封信是写给谁的。”

我清了清嗓子。

“写给我女儿的。”我说，声音刚发出来时有点尖厉，后来又变得过于低沉。

“我很遗憾。”凯斯勒说，他的眼睛依然紧盯着我。我感觉自己像在某处被扣作人质，凯斯勒是被派来说服我的。我感觉所有人看了我和斯泰西一眼。我把发烫的眼睛聚焦在手机屏幕上，读了起来。

读到信的中段，“我们有一张妈妈抱着你的照片，她戴着阔边太阳帽，坐在一个树墩上。我觉得你本该和家人一起共度八天美好的时光，和家人在一起，你会知道生活是什么样的，你和爸爸一起玩得会有多开心，就在这时，你被带走了——”我开始听到轻微的啜泣声、窃窃私语声、感叹声和从廉价盒子里抽纸巾的声音。

信读完了，我抬起头，发现凯斯勒正严肃地注视着我们，“你女儿死的时候多大？”他问我。

“两岁。”我告诉他，一阵震惊的声音传遍房间，我也吃了一惊。我们听说有人成年的孩子上吊自杀，有人十几岁的孩子死于癌症。

“她是生病了吗？”凯斯勒问，我感觉到熟悉的、意料之中的那种作为信使的恐惧。

“不是。一块砖头从一栋建筑的八楼掉下来，砸中了她。”

我听到倒吸气的声音。我从眼角的余光看到那条自怜之狗摇着尾巴，小跑到我身边：即便在这个房间，和这些人在一起，你仍是悲伤世界里的摇滚明星，它对我说，挑起一边的眉毛，即便是这些伤心欲绝的人也无法想象自己成为你。这种感觉如何呀？

“这是个可怕的故事，我听了很难过。”凯斯勒说。他停顿了一下，又说，“你听起来很愤怒。你愤怒吗？”

“是的。”我说，感觉到自己的声音里冒出危险的热气，把泪水也一并扯出来了。“现在我时时刻刻都愤怒。我从来没这样过。我向来讨厌愤怒。我在生活中看到的所有糟糕的事都是因为一个人对另一个人愤怒。愤怒会让人们互相伤害。我不希望我心里有愤怒。现在我要时刻忍受愤怒。我都快窒息了。”我哭了，“我感觉自己不是一个完整的人。那感觉就像得了癌症。”

“你当然会愤怒，”凯斯勒说，“光是听这个故事，我都为你愤怒。你们俩能帮我个忙吗？我希望你们到前面来。”

我扭头看了一眼斯泰西，读懂了她的眼神，她已经吓得两眼无光了。还好有我，我们正以慢动作进入她最糟糕的噩梦里。跟斯泰西说“请到前面来一下”就像对一只蚂蚁说，请走到放大镜下面来，或者请把你的手故意放进这个木材削片机里。我们缓缓起身，一前一后，穿过几排折叠椅中间的过道。

“我想做个关于愤怒的练习。”凯斯勒说，“我们的社会有各种关于愤怒的概念——愤怒是不好的，是危险的，我们必须压抑愤怒。愤怒是很自然的事，坦率地说，愤怒也是健康的。我们感觉到愤怒是有充分理由的，当我们否认它，或者无法宣泄时，我们只会觉得不舒服，或者破口大骂。”

他转向我："杰森，你说你认为愤怒伤人，我觉得不对。我认为被压抑的愤怒才会伤人。我认为愤怒是一种积极的情绪，只有尊重它，我们才能真正放手。"

他在屋子前面清理出一块空间，朝角落里走去，那里有瑜伽用品，回来时，他拿着两个又大又软的靠枕，他把它们递给我们。"打枕头是一种经典的泄愤方式。"他说，"其实，我想让你们做的是这个，来，我做给你们看。"说着，他扑通一声跪在地上，动作敏捷得令人吃惊，他把双拳举过头顶，像漫画书里诅咒老天并想把老天一把扯下来的坏人那样有节奏地大叫道："这！太！不公平！"

我又和斯泰西对视了一眼，随着我们暴露自己的范围变得清晰，她的眼睛睁得更大了。凯斯勒一跃而起，拍了拍膝盖上的土，把枕头递给我们，充满期待地说："给。开始吧。继续！"

这超越了斯泰西最糟糕的噩梦，进入荒诞派的领域。我的喉咙因内疚而发紧，但这时群体动力法则起作用了，我们俩慢慢地、不自在地跪下来，跪在房间前面的小木板上。对折的毯子护住我们的膝盖。然后，我们无助地抬起头看着他，就像孩子等待幼儿园老师的指令。

"好，现在我希望你们想一想说什么，"他说，"是什么让你们愤怒的？你们憎恶什么？"

我想了一下。"我憎恶幸福的家庭。"我告诉他，"每当我看到一家人散步，或者一个父亲肩上坐着个孩子，我就满腔怒火和仇恨。实际上，有时候我甚至希望灾难落到他们头上，接着，我又很讨厌这种想法：我怎么会有这种念头？”

“好的，你失去了你的孩子，他们有什么权利有孩子？”凯斯勒喊道，“我希望你现在就说出来，边说‘我恨幸福的家庭！’边打枕头。为了支持你，我们会跟你一起说。准备好了吗？一——二——三！”

大家跟我一起喊时，墙都差点摇晃了，但据我观察，还不如我自己来。“我恨幸福的家庭！”我一边喊，一边用两只手砰砰砸进柔软的枕头，感觉它们下陷。

猛击枕头时，我感觉体内的气流释放出来了。我感觉暴力潜伏在我体内。在这个满是成年人的屋子里，我边打边喊，这么做时，一个深藏在心中的梦冒了出来，这个梦，我做不过不止一次，但我一直不肯把它从潜意识的最深处放出来。

梦里，我的愤怒变成了一个人——一个男人，和我一样，三十五六岁，白种人，难以形容。他大概是我早晨上班路上遇到的所有身体健康、精力充沛、心满意足的人的综合体。梦里，我发现自己正在痛殴那个人。那个人反抗，我跪在他胸口上，膝盖阻断他的气门，他的脸变得通红，他一边急切地说话，一边用眼神恳求我。我故意暴跳，狠狠地打他的鼻子，我感觉细细的骨头瞬间折断，嘎吱嘎吱陷进下面更柔软的内脏里。我听见他叫喊，听见液体充满他的嘴，把他的喊声变得湿答答的。我连续出重拳猛击。我的拳头闪着光。我身下的人变得面目全非。我在梦中发出一声好战的呼喊，仿佛向周围的世界宣告：你们不能夺走我的东西，还指望我不吭声。

现在我用两个拳头反复捶打枕头。我感觉斯泰西在我身后某处。她面对那个枕头，犹犹豫豫，双手勉强半握拳，我给我们俩报名参加旅行团，她是一名乘客。

“斯泰西，你生什么气？”凯斯勒问。

她一副惊恐的表情。“我不知道。”她说。

“哦，快说吧！”凯斯勒刺激她，“你女儿被杀死了！我们生活的这是什么世界啊，居然允许这种事情发生？”

尽管热血涌上太阳穴，我仍紧张地转过身，本能地对凯斯勒厉声说道：“别对她大喊大叫！”

“好吧，那栋楼是家养老中心，如今我在那附近走过时，我感觉……有的时候，当我从老年人身边走过时，我很难……”

她支支吾吾，我喉咙发紧。我仿佛看着她的想法退缩到大脑皮质语言区，像一卷皮尺“啪”的一声合上了。

她吸了口气。“他们只是……他们有时候会让我生气。可是我该怎么做？我又不能到处去说‘我恨老年人’。”她说着，发出一种紧张的轻笑。

“你当然可以！”凯斯勒喊道，再次强调，“你绝对可以！这里的人都知道这是什么意思。你并不是真的恨老年人。你恨他们拥有的时间，你恨他们拥有完整的人生，而格丽塔的生命却被中断了。现在大家跟你一起来。你为什么不一边打枕头，一边喊‘我恨老年人！’呢？”

斯泰西惊恐地睁大眼睛。

“准备好了吗？”他问，接着开始数数，“一——二——三……我恨老年人！”

我环顾四周，看见前排有个满头银发的女人抱着枕头，跟着一起喊：“我恨老年人！”她叫喊时嘴角微微上扬。有些人忍不住，笑了。我也笑了，即使我像个悔罪者跪在他们面前的地上。我们就像组织了一场可恶的集会，动员大家不公正地对待所有老年人和幸福的家庭。我双手温暖，脸上泛着喜悦的红光。

“你看到愤怒有多大能量了吧。”凯斯勒评论道，“当我们停下来，释放怒气，感受愤怒，它会给我们自由。好了，让我们感谢斯泰西和杰森如此勇敢。如果有谁想效法他们，可以抓起一个枕头，随便找个地方坐下。随便喊什么都行，什么时候喊都可以。重要的是把它从你的身体里释放出来。”

我惊奇地发现，几乎所有的椅子都空了，男人和女人们找到各自的角落。两个女人来到前面，把枕头丢在我们面前那个隆起的木台上。

“OK，大家都准备好了吗？”凯斯勒喊道，“我数到三，请大家释放内心的一切。把你们的怒气全都撒在那个枕头上，想到什么就喊什么。好不好？一——二——三！”

整个房间的人都爆发了。左侧远角，一个粗壮、紧张的男人开始大声抱怨他的姻亲。我没搞明白他死去的亲人是他儿子，还是他妻子。他旁边的一个女人，一边哀号，一边捶打枕头，责备死去的母亲撇下她和她的姐妹。“我一直都讨厌她，现在你留下我和她处理你丢下的烂摊子！”她尖叫道。我正前方，一个女人抱怨她的丈夫，做了几十年夫妻，一点征兆都没有就自杀了。“你为什么撇下我一个人和这套卖不出去的房子！”她怒吼着，双手猛击，悲惨地抽泣。

气氛的紧张和强烈让我想起天气事件。大家释放的能量足以掀翻汽车、撕碎栅栏柱、将大树连根拔起。我蹲坐在那里，听他们大声哭喊，内心松弛，空空如也。我闭上眼睛，想起我在母亲怀里，在我们家的前廊上观看雷电交加：我是威严的、原始的暴力的见证者，但我在里面是安全的、温暖的。

我回头看斯泰西，她两眼放光，面颊粉红。我们不由自主地咧开嘴对彼此笑着。

打完枕头，我们和陌生人亲切地站在一起。“我只是想说，我被你们的勇敢感动了。”一个穿着带兜帽的毛衣和宽松裤的黑发女人碰了一下斯泰西的胳膊肘说。我们得知，她来此悼念她的丈夫，而他还没死：几年前，他被一只蚊子叮了，感染了西尼罗河病毒。这种病毒损坏了他的脑子，据她说，把他变成了“一个有成人力气的两岁儿童”。他变得很危险，她让他住进了一个全日托机构。她婆婆指责她抛弃了他，那以后就不理她了。“是时候离开他，过我的新生活了，”她伤心地说，“我嫁的男人几年前就死了。”

我开始明白，悲伤是一个你走进的世界——这里，声音更轻柔，目光更温存，观察更仔细，同情心也增强了。从很多方面来讲，这是一个可以消磨时光的美好的救赎之地，到目前为止，克里帕鲁的每一个人都沉迷其中。这里有美好，我们被美好包围着——尽管这个女人的生活很沉重，但她敏锐的同情是美好的，我们发现我们给她的回应是即时且温暖的，这也是美好的。如果你允许的话，悲伤可以是一座抚慰人心的巨石庙，在这里，你只能听见你和你的旅伴的声音那轻柔而连续的回声。我们在这里时，没有人期待我们完成某种具体的事，或者恰当地应对某种特殊情况。尘俗之事消散了，只留下终极意义。

我们离开前，斯泰西鼓起勇气走到莫林身边。两天，三堂课，我们没有收到格丽塔的任何消息。我们本来希望卡莉，凯文和梅丽莎的女儿，能在这个房间找到格丽塔，拉住她的手。也许她们俩能一起向莫林做个自我介绍。但每次莫林张大眼睛，扫视人群，目光都会落在、集中在其他人身上，另一个参与者会收到来自来世的消息。周末结束了，合完影，人们陆续向大厅、向门口走去。我感到身边的斯泰西满怀渴望，我转向她，“你应该去。”我鼓动她。她站起身，溜达到莫林身边，莫林正在前面的讲台旁跟人聊天。

几分钟后，斯泰西回来了，目光茫然，她正在和失望做斗争。

“怎么样？”我问。

“她没接收到太多信息，”她难过地说，“我把我们的故事告诉她了，她握着我的手。她说，眼前只闪现了一些画面，没给我带话。”

我逼问她：“她什么都没看见吗？闪现什么了？她眼前有什么画面？”

“她只说她清楚地看见了一只气球。一只气球。我不知道，你知道这是什么意思吗？”

我听了很激动。“斯泰西，哦，我的上帝，你不记得了吗？那天在屋顶上？”我说。

去年夏天，我和斯泰西每周四在一个屋顶露台上上瑜伽课。那个老师住在一幢六层住宅楼的顶层，从那里可以俯瞰康尼岛大街，不可思议的是，她的公寓有一个环形露台。从露台看过去，连康尼岛大街都给人一种宁静之感。我们每个星期下班后都会去她那里，她的苹果手机插在一个便携式音箱上，播放着柔和的音乐，我们一边听音乐，一边仰望蓝天。有的时候，她六岁的儿子贾斯汀看电影看到一半会跑出来，大喊大叫着穿过所有的垫子。有时，她的狗会跑出来，对着正在做“挺尸式”的我们狂吠，我们的眼睛闭着，四肢柔软。但她乱糟糟的幸福生活与这一切无缝融合，下课后，我们会吃新鲜水果，注视着落日照亮天际线上的屋顶。

在一次这样的课上，我们躺在垫子上，身体扭向一侧，眼睛向上凝视，我看见一只紫色的气球，一个圆点，飘过无云的蓝天。由于某种不可测的原因，我指着它，轻声对斯泰西说：“那是格丽塔。”我身边的斯泰西莫名地啜泣起来。她感觉到了其中的真谛。

在克里帕鲁，斯泰西坐在我旁边，我感觉一阵寒意穿过我的身体，同时也穿过斯泰西的身体。格丽塔对气球着迷——尤其是它们从身边飞走的样子。这是我给她讲的关于“缺乏控制”的第一课。我们在公寓楼拐角处，在人行道上徘徊，看着某个有趣的裂缝，或者一棵极细的小树，一对夫妇推着他们蹒跚学步的孩子从我们身边走过，婴儿车上装饰着白气球，吸引了格丽塔的目光。那位母亲友善地解下一个气球，递给我们，我把它绑在格丽塔的手腕上。她从没拥有过气球，她要抓住绳子。

“嗯，你真的要抓牢哦，知道吗？”我告诉她，我感觉接下来要发生的事一定很好笑。

果然，格丽塔刚走两步，手就松开了，那只气球飘起来，卡在高处的一根树杈上。眼看她难过的小脸上露出将要崩溃的微表情，我赶忙对她念叨：

“你看，格丽塔，气球飞起来了——飞到天上去了！”我饶有兴趣地指着那个气球，仿佛气球飞行是世界上最有趣的事，是一个我们可以一起研究的自然现象。“你本来抓着它，然后，它从你手中飞走了，现在它在那儿！在那上面，在树上！它飞到天上去了！”

我不断重复这句话，为她描绘气球的旅程，接受失去的现实，当成又一个我们可以闲聊的东西。她的表情柔和了，沉思起来，目光深邃了，她试探着说：“它飞走了？飞到天上去了！”

此后，不管丢了什么东西——她的奶嘴（藏起来了，没丢，她只在装婴儿时才对它感兴趣）、她的奶瓶、一个小毛绒玩具、一辆玩具汽车——她都会这样处理。“它飞走了——飞到天上去了！”她大声说。那只气球是关于无常——一切都是无常的——的一堂实物教学课，她从没有忘记过。

“留意各种迹象，”莫林在她给我们上的最后一堂课上对我们说，“你们要试着放松，并接受它们，要善于接纳。你必须关掉你的怀疑思维，因为我们都这么做——‘哦，好吧，我当然看见那枚有我父亲出生年份的一分钱了，只是零钱罢了。’即使你没错，你处理事情的方式也不对。看到迹象关乎接受能力。你要学会善于接受。鬼魂们总想和我们取得联系，但他们只能靠这些小小的迹象来联系我们。不留意这些迹象，你就会错过收到他们的消息的机会。”

格丽塔死后，斯泰西和我头一次感觉到，将我们和她的鬼魂隔开的那道帘子拉开了。

我们充满敬畏地开车回家。我们看到城市的天际线向我们靠近，我们仿佛从另一个维度重新进入了这座城市。我们发誓让这个鬼魂活在我们心中，即使城市的喧嚣力图盖过它的声音。

FOUR >>> SEARCHING FOR HOME

四 / 寻找家园

从克里帕鲁回来后，我们终于要面对无根的生活了。感恩节快到了，过去的六个月，我们曾毫无意义地活着。从某种意义上来说，缺乏意义是令人欣慰的。我们必须喜欢这种感觉，因为我们在不停地让这种无意义加倍：失去格丽塔后，我们似乎是在试验到底能将多大部分的自己去掉，而在严格意义上依然活着。

第一个要去的地方是我们的家。格丽塔无处不在，讨人喜欢地绕着每个角落轻快地走。置身于我们的公寓，她却不在，走过她的空卧室关闭的门去浴室时，将目光移开，这都是令人无法忍受的。所有关于悲伤的书上都说，在遭受失去至亲的大难后，至少有一年，不要做任何根本性的改变。我们很快断定这是胡说。

到了七月份，斯泰西带头根据价格、地段、卧室数量、产权公寓还是合作公寓，开始看房子。在我们生活中巨大的转折期，我往往会成为负担：斯泰西标绘航线，如果我够镇定的话，才会抢方向盘。她有勾勒我们的未来的轮廓的能力，在这方面，她有某种精神上的东西，在它进入视线之前，探究边界，设法解决后勤问题。这一片漆黑前面肯定有某种东西，我们来测量吧。

她把大部分空闲时间用来找房子，其余时间用来处理油漆罐、旧毛衣和电子产品。突然，我按照她的指令塞几个橱柜顶层架子上的东西时，对她耳语起来，我发现自己站在梯子上，把那些东西全都拽下来，放在地毯上。我们把一包包的旧衣服丢进回收箱。我们扔掉散落的电器连接器和 RCA（美国无线电公司）电线。晚上，我们坐在沙发上，斯泰西浏览各种公寓。我们喜欢这个户型；我们不喜欢那栋楼，太老了；那套房子那么便宜肯定有原因；哦，我的天，这栋楼的维护费太贵了。“我只想把东西扔掉，看房子。”斯泰西对我宣告。

我们之间的空气中仍有某种东西活跃着——某种我们很担心过早认定为“希望”的东西，但我们能意识到有这样的气候条件。一天晚上，讨论搬家时，斯泰西说出来了：“我们不能在这里从头再来。”

我已经发现心里有这个想法了：我想再次成为父亲。但我不是简单地想再次成为“一个父亲”。我想做格丽塔的父亲。我喜欢格丽塔的父亲。格丽塔的父亲满怀自豪和幸福，即使在他疲惫不堪的时候。有时候，我仍期待抬起头，看到我和格丽塔说说笑笑，走在街上，仿佛从远处观察从前的自己。

就在我们开始找房子时，《纽约时报》上刊登了一篇报道。窗台上的一块砖怎么会从八楼掉下来，砸中一个孩子呢？尽管没有人想到通知孩子的家长，但纽约显然受命代表格丽塔做了一番调查，调查局的人被派出去寻找答案。

根据那篇报道的说法，苏斯外婆家拐角处的那个养老中心——她和格丽塔经常在那里逗留，和居民们聊天——被一个从没去过那栋楼的检查员认证为“尚属安全”。他从没见过那栋楼，甚至没站在街对面拿望远镜查看过。他没看到外立面上有一道S形的大裂纹，以及它所暴露的迫在眉睫的危险，即使是一个正在街对面另一栋楼上干活的检查员，也会给建筑管理局发一封邮件汇报这个情况。据《纽约时报》报道，有人回应了，但没有采取任何行动。

结果，纽约市还有数百栋建筑和那栋房子一样，严重违反安全规程。

读完那篇报道，那块砖头落下来的情景再次在我脑子里重播，很可怕——那块砖头一直盘旋着向虚空坠落，砸扁了我的格丽塔聪明的脑袋瓜。从那时起，我经常想到“羞愧”这个词。“我太羞愧了。”人们会说，“我很不自在，这让我感觉自己只是一具躯壳。”人们还会说“我死了”。但这种表达方式比较干瘪：所有英文专业的大学生最后读约翰·多恩的

《封为圣徒》(*The Canonization*),都只是为了让老师眼睛闪闪发亮地解释一下“我们死而复生,又照旧起来”到底是什么意思。死是浪漫的,甚至很性感。“羞愧”中有使事物变硬的水流穿过,有降低温度的危险。

格丽塔没有死,她是受辱了。那块砖头是宇宙加诸其身的痛苦的侮辱,是对她小小的希望、梦想和计划的驳斥。现在,她的精神四散,变成了一颗拖曳着破灭的期望的彗星。

读完那篇报告,这个十年来被我称为家园的城市突然变得太吵闹、太嘈杂、太危险了。无论走到哪儿,我都会抬头看,以为随时会有东西落下。我穿过马路,避开脚手架和人行道上的工棚,正是由于缺少这两样东西,格丽塔才死的,所以我才会有这种毫无理性可言的反应。空调机在窗外呻吟,仿佛熟透的果子,马上就要掉下来,当我从下面飞奔而过时,我禁不住想:我是不是生了根似的,立在创伤原地不动了,连想象离开此地的勇气都没有?我们是不是应该永远离开这座城市?

“‘9·11’过后,我见过两种病人,”我的心理治疗师告诉我,“打算离开的人和已经离开的人。他们都没有错。想法可能会变,但我和你聊了几个月,你给我的感觉是,你属于那种不会离开的人。”

我们认为她说得对。我们无法想象自己离开这里,即便是现在。我们在这个恶劣的环境里生活了太久,倾注了太多心血，现在我们就像两棵直接从崖边长出来的树，我们已经适应了这里的生活，觉得不适合在别的地方茂盛地生长。

于是，当树叶开始变黄时，我们开车去皇冠高地看房。那天天气极好，到处是一家一家的人——孩子坐在父亲肩膀上，格丽塔那么大的孩子正在骑滑板车。那是一套三居室，上小学的孩子的画镶了框挂在墙上。为了展示给大家看，男孩的卧室很诡异，收拾得井然有序，被刷成亮红色，房间里摆着各种运动锦旗、海报和奖杯。我们在那个空旷的家里漫游，感觉自己如幽灵一般。

“很漂亮。”我们告诉那个无所事事地收集名字、尽量不突然出现的女人。我们尽早离开了。

接下来，我们莫名其妙地爱上了一栋两层楼，那是一幢怪异且迷人的农舍式房子，在公园坡边上，带一层地下室和一个后院。设计得可谓荒谬——几乎仅够立足的门廊像个小玩偶之家，门廊通向一个小院，只能从一个共用的走廊进去。但那片绿地和对隐居的憧憬——这些愿景模糊了我们的双眼。我们开了个价，人家接受了，我们反倒不安起来。

突然间，斯泰西开始半宿不睡，研究平面图，想象我们那两张沙发放哪儿合适，婴儿车停哪儿，怎么安装楼梯。“OK，我想我知道怎么做了。”每天早上我醒来时，她都会这么说，把我带过去研究她的最新设计方案。“哦，不行，可调桌会挡住窗户。”她垂头丧气地意识到。

“我们的媒体橱柜放这儿怎么样？”我指着另一个角落问。

我们考虑了一下。“应该可以。”她承认。

我们回到那个地方打消疑虑，我恍然意识到自己正在轰后院的苍蝇——五只、七只、九只——这里的蚊虫多得令人不安，与此同时，房地产经纪人试图安慰我们：“这是一个很特别的地方，而且你们对它一见倾心。”她提醒我们。我们走出去：这是一个很美，也很安静的街区。街对面就是格林伍德公墓，这个占地很多英亩的安息之所中长眠着雷昂纳德·伯恩斯坦和让·米歇尔·巴斯奎特[1]。我们再次提到，其他人可能觉得很可怕。我们再次一致认为，奇怪的是，我们却感到安慰。

开车回家的路上，斯泰西注意到街区尽头有个配电站。“住这儿安全吗？”

“当然。”我条件反射地说，心里却不安起来。

当晚我们谷歌了一下。一个英国政府网站说：“研究表明，居住在高压输电线附近或下面有可能增加儿童罹患白血病的风险。”

读到这个，我有点无助，就像有人突然相信了“化学凝

1 雷昂纳德·伯恩斯坦（Leonard Bernstein），1918—1990，美国指挥家、作曲家。让·米歇尔·巴斯奎特（Jean-Michel Basquiat），1960—1988，美国涂鸦艺术家，新艺术的代表人物之一。

结尾”[1]这个阴谋论。这是真的吗？也许吧。很可能是真的。万一根本不是真的呢？即便如此，我们的脑子里产生的暗示——这是真的吗？——仍会时刻困扰我们。

疑虑接踵而至，那套房子太小、太不实用、离地铁站太远。我们撤回了投标。我心里的结解开了，斯泰西又能睡着了。我们开始认识到，我们还处于极度震惊的状态，这个时候找房子，是件棘手的事。

十月份，我们的公寓就卖出去了，而我们还在不停地找房子，我们必须搬出去了。买我们房子的那对夫妻似乎不太招人喜欢。斯泰西和我则感到一丝心痛：这些人将睡在格丽塔的房间里，她只认识这个房间。但没有了她的婴儿床、玩具和她啪嗒啪嗒的脚步声，那也只是一个房间而已。

搬家工人来了，把我们的沙发、桌子和梳妆台装进一个储物箱。我们把能用一个来月的衣服和洗漱用品装进手提箱，其余的财物则分送至布鲁克林各处。格丽塔的安全座椅和我们所有的照片放在一对夫妻的地下室，我们的各种器具放在另一家。车的后座上放着格丽塔的骨灰，装在殡仪馆送的一个红包里。红包放在一个箱子上面，箱子里装着从食物储藏室拿来的干货——格兰诺拉燕麦卷、茶包和吃了一半的巧克

1 化学凝结尾，chemtrails，这是一种飞机飞过后留下的凝结尾迹，一些阴谋论者认为其中携带化学和生物制剂。化学凝结尾被政府用来控制人口或改变天气。

力棒。

半个小时后，我站在已经不住的老房子外面。这是格丽塔的家，我曾看着她在门廊上和邻居们玩耍。看着她和其他孩子一边跑，一边尖叫，我曾想象他们长大的样子，他们偷偷溜出去，在地下室见面，在彼此家里过夜。现在，她和我们都走了。

放弃我们的家后，我们也就背弃了家庭。这个决定发自本能，相比于有意识，更有动物性。我不具备辨别动机的能力。也许我们像受伤的狗一样蜷缩起来了？为了逃避检查，像蟑螂一样四散奔逃？我们不知道，更重要的是，我们不在乎。对我们来说，不在乎是一种新奇的感觉，我们欣然接受。

比起搬家，我们休息的这段时间就显得按部就班。我定期和母亲通电话，乏味地汇报我们越来越狭窄的生活，但我从没真的去听她那清亮的嗓音对我说了些什么，我挂断电话时，仿佛我的父母已经不在人世了。与此同时，苏珊是斯泰西裸露的伤口。我根本不跟斯泰西提她，只是偶尔私下里给苏珊发条短信。“我们躺在车轮胎上，顺着一条懒洋洋的悲伤之河漂浮。”苏珊告诉我，“我们是同路人，但我们没有任何掌控力。”

确切地说，葬礼之后，我们只见过一次面。我的几百个同事集资要在展望公园为格丽塔种一棵纪念树。我的父母回到布鲁克林参加 10 月 15 日的植树仪式，苏珊也来了。

这个秋天异常凄凉，植树那天，依然很冷，鸭塘吹来刺骨的风。我从未注意到我父母如此面色苍白、精神疲惫。苏珊除了咕哝几句客套话，几乎一言不发。她似乎仍困在某个炼狱里，魂儿不在这儿。我意识到，我们都没做好团聚的准备。

浏览了一下公园给我们的小册子，我和斯泰西选了一棵黑胶树。我们读到，随着时间，它会长出火红色、泪珠状的叶子，长出酸酸的、小鸟会吃的小浆果。我们喜欢这样。

那棵树苗看上去柔弱光秃。公园的志愿者们很快挖出一个树坑。我们把一张过塑的小照片放在粗劣的防护栏上，往后站几步，观察效果。种树者们则礼貌地保持安静。

苏珊坐在一条长椅上哭，我在她身旁坐下。她一直哭，哭到无泪，然后，她盯着池塘，内心一片空洞。我母亲抓着我的双肩，我能感觉到她的愤怒、她的无助。

就在这时，一条拴着链子的比格犬绕着树干底部转了转，抬起一条腿。我们朝遛狗的人疯狂喊叫，他看了看照片和围栏，慢慢明白过来，惊恐地跑掉了。后来，我们因为这件事嘲笑自己，心里才终于有了些许暖意。格丽塔肯定觉得这事特别好笑。

从家里搬出去后，我们开始了陌生之旅，在布鲁克林不停奔波，这反映出我们没有方向的内在生活。我们挤在沙发上，我们睡在客房里。这种奇怪的感觉就像回到了大学：我们永远在休息，蓬头垢面，就像成年人闹得满城风雨的事件之后，但那些人有的东西——厨房、干净的床单和孩子——我们没有。

我们尽量扮演好自己的角色：保姆、洗碗工、晚宴陪伴者。我们经常去看望格丽塔的朋友的父母。大人们喝酒聊天时，我会弯下腰和孩子们玩耍。我玩他们的玩具，给他们念书，和他们拍傻乎乎的自拍。晚上，我不再哭泣，即使我忍不住注意到了这些孩子，无论在身体上还是情感上，都有了变化，格丽塔永远不会有的变化。他们的声音更清脆了，头发也长长了。

格丽塔的头发一直都不多，她是“我们的小秃子”，我们这样亲切地称呼她。“哦，斯泰西和杰克一直很秃。”格丽塔绕着客厅跑时，苏珊笑着说，“你都快三岁了才长头发，斯泰西！”

我母亲也这样说我。“你到了两岁半才长出金色的长发卷。”她回忆道，“哦，我好喜欢你的鬈发。太美了。”

格丽塔最长的头发才到耳朵上面。它们是半透明的，像蜘蛛网，它们捕捉阳光的方式就像窗户上飘浮的尘埃。有一次，她照她放在玩具厨房上的玩具镜子，捏起一绺头发，揉搓着，大声喊道：“我的头发好长啊！”我们为此笑了好几天。

我和斯泰西过去经常开玩笑，说我们想象不出格丽塔长大了什么样。“我只能想象她稍微高一点的身体上顶着一颗没头发的婴儿头。”我说。现在想起来真令人毛骨悚然。

一天，我们和我们的前邻居艾米，以及她的儿子——格丽塔的另一个朋友雅各布——在布鲁克林大桥公园野餐。艾米和她的丈夫索尔让我们睡他们家三楼的卧室，我们尽量不妨碍人家。

那天下午，我和雅各布在一起，我扮演爸爸。他笑着跑在我前头。我追赶他，胳肢他，跟他开玩笑。我能从他的眼神和高度专注的表情感觉出，他以小男孩的方式厚爱着我。他喋喋不休，他有无尽的需求和好奇，他一个劲儿让我坐在他旁边。他走在马路牙子上，我牵住他的手，他尽量保持平衡。我把他举起来，然后笑闹着放在后面的高草上。我追他，我让他追我，我们绕着一个空自行车托架跑。

我们玩耍时，我的家长传感器打开了。我跪在他面前，对他轻声细语，让他注意一些小东西。看看人行道缝隙里这朵小花。你妈妈在哪儿？她在那儿呢，坐在那边，身边还有吃的。我们过去找她，坐在她身边，好不好？是啊，我也是这么想的。

雅各布的笑容照亮了我内心某间破碎的密室，自从失去格丽塔，我就没见过这间密室，也没怎么感受过光。孩子并不对你微笑，而是笑到你心坎里，我感觉我对格丽塔的爱正在寻找一个转移点：我需要照顾并喜爱一个小人儿。我的需求像行走一样深刻。既然有了这种需求，我该爱哪个孩子呢？

斯泰西和艾米坐在一小片阴凉里。我和雅各布加入她们，雅各布坐在他母亲和我中间。我看着他，心想，我们离养育这样一个生命多么遥远啊。我不知道我的格丽塔是否在天上看着我，在那个寒冷的冬天，她曾在一个游戏场亲过雅各布，他们俩的脸蛋被风吹得红扑扑的，雅各布咧着嘴笑，像个中了彩票的男人。

开车回家的路上，我坐在雅各布旁边，他坐在儿童安全椅上，我让他保持清醒，所以他没在车里打盹儿。他的头晕沉沉的，近乎精疲力尽，快要撑不住了，他的笑声听着有点危险。我们在索尔和艾米家门口停下车，突然，雅各布问我："杰森，你们家有小孩吗？"

我感觉坐在前座的艾米身体僵硬了。大家都没吭声。他还小，格丽塔已经完全消失在他朦胧的意识深处了。我不清楚，雅各布是否知道她曾在这个世界上存在过。

"没有，雅各布，"我终于开口了，"没有，我们没孩子。"

雅各布不罢休："那你们家干吗不有个小孩？"

"我不知道，雅各布，小家伙，"我说，我的声音有些沙哑，"我们就是没有孩子。"我没什么可说的，因为这就是最真实的答案。我们没孩子。

我把他从座位上抱下来，抱到门前。他已经软得打弯了。我闭上眼闻他的头发。他的小脑袋靠在我肩上，我的某个部分忽闪忽闪地活过来了，哪怕只是那么一小会儿。

我们离开了艾米和索尔的家。他们不肯放我们走，说我们可以无限期地待下去，但妨碍人家的日常生活只会增强我们的无根之感。所以我们在爱彼迎（Airbnb）上找到一个三百平方尺的工作室，房主是个叫阿萨夫的单身汉，他给我们留了一瓶价值十二美元的梅洛红酒做见面礼。我们走进那个工作室，看见所有东西上都蒙着一英寸厚的灰。我们放下包，开始干活：斯泰西擦洗马桶，我则用一卷纸巾擦所有东西的表面，每张纸都黑了。

就是在这种极不浪漫的环境里，我们决定再次开始尝试。夏天以来，我们有过很多次无保护性行为，但在“阿萨夫的王国”（这是我们基于他家的 Wi-Fi 名称给这个地方起的诨号）住了一个星期后，我们买了几盒验孕棒。过了几晚，观察窗对我们微笑，我们做出了相应的行为。这种行为，这种亲近和私密给人安慰，但没有希望——暂时没有。我们正在采取希望行动，正在灌溉被阳光照耀的土地。

斯泰西仰卧在床上，双腿支在墙上。我躺在她身边，腿也开玩笑地支在墙上。我们的脸只相距几英寸，她的脸蛋略带粉红色，一缕头发垂在她细长、微隆的鹰钩鼻上。她的目光变得深邃起来，依然沉浸其中。“我们又在做这事，是不是太疯狂了？”斯泰西困惑地说，她的目光在寻找我的目光。

然后，就像怀上格丽塔时那样，她眼中有某种光明且神秘的东西，隐蔽于某条幽深私密的走廊——一个无声之地，她全部最深切的情感都在里面翻涌。在这些时刻，她在我眼中是个小孩，更小了，更恐惧了，但内心仍被同样强大的情商照亮，那种能让她看清他人动机的情商，比那些人自己看得还要清楚。我想象，有这样的直觉，在成长的过程中，她该有多么孤独困惑啊。格丽塔继承了我的满月圆脸和我的笑容——笑起来，左下嘴角有点歪歪的、傻傻的，但她有斯泰西的眼睛，水晶蓝色，深不可测。

我扭过头看周围的环境。“至少我们的住宿条件更好了。”我开玩笑道，“还记得我们刚约会那会儿吗？你第一次来我的公寓，那两张单人床？”

“哦，我的天，你的毛巾臭死了。”斯泰西笑着说，“我还记得你的淋浴有多恶心。哦，老天。”

“仿佛时光倒流。”我轻声说。我低头看了一眼她长着雀斑的、白皙的右肩，看了一眼她的新文身：一只精致的麻雀，嘴张着，好像在唱歌。

意外发生后，我们一致同意每个人用文身纪念她，斯泰西立刻行动起来，我却只是隐约抱有这种想法。她决定文一只麻雀。

那个夏天，她花好几个小时研究并翻看文身艺术家的代表作品集，最后选定了下东区一个叫萨特拉的女人。她的作品以黑白为主，充满了各种象征：第三眼、半月形、狼头。她会文精美的鸟。约定文身那天，斯泰西（沙发买了两个月后，她仍成功地退掉了；她退掉了床垫，嫌床垫松了八分之一英寸；她退掉了鞋子，嫌鞋上有一根“古怪”的带子）早上醒来，对我微笑道：“几个小时后见。”然后她就平静地去做了一个永久性的身体改造。

几个小时后，快文完的时候，我去找她。萨特拉正在做细节处理。我握着斯泰西的手，针刺入时，看着她的脸。“比疼还烦人。”她告诉我。

这里只有我们仨。灯关了，晌午的阳光充满房间。柔和的音乐声响着——霍普·桑多瓦尔的声音低沉、圆润、轻柔。萨特拉也做身体疗愈，她递给斯泰西几颗疗愈水晶，让她在上色时攥着。“你留着吧。”最后，她说。

第二天，伤口开始愈合，斯泰西却后怕起来。“应该结痂吧？”早上，斯泰西一边问我，一边犹犹豫豫地戳着那个文身。用白墨刺出的那只娇美的针孔鸟眼肿成了一个不祥的痣，翅膀变得皱皱巴巴的。“现在它看着不像麻雀，倒像一只渡鸦。”

她根据手机上查到的关于文身护理的说明，把文身洗了一下，用一张纸巾尽量轻拍。纸巾粘在上面了，她先是小心翼翼地拉，接着惊恐地喊：“粘上了！”她把纸巾举到我面前，瞪大眼睛，“你看，”她大叫道，“整个文身都在上面了！”

我看着纸巾，上面粘着淡淡的鸟的样子，像布朗尼方蛋糕上的浅浮雕。“斯泰西，如果这么容易就毁掉文身，所有人的文身都得完蛋。”那大概是我那天下午说的第十遍。会过去的，我告诉自己。

接下来的几天，斯泰西为那只鸟和它肿胀的眼睛焦虑不已。“该死，”她说，“我就不该把那张纸巾放在上面。我应该不去管它。”

日复一日，斯泰西发给萨特拉满怀歉意的跟进邮件也在增加。她的狂躁仍在继续，朋友们一致对我温柔地翻白眼：斯泰西和她的强迫症。但我知道，麻雀的眼睛是个入口。我们的脑子里挤满了问题，不知从何回答起——纪念格丽塔意味着什么？我们该如何发扬她的精神？——但你可以透过文在身上的麻雀的眼睛来了解这些问题。无论字面，还是隐喻，那都是一个你可以找碴的问题。

随着她的皮肤慢慢地平静下来，她也平静下来了。十天后，那只鸟变得更娇嫩了，看着不那么枯槁了，它精致的白瞳孔从那个黑素瘤似的眼部隆起物中再次出现。大约两个星期后，吃晚饭时，她骄傲地撸起袖子，“凡事我都有遗憾，但对这个，我没有任何遗憾。”她开玩笑道。

麻雀有多重含义。“它们是城市里的鸟，”斯泰西告诉我，“它们随遇而安，就像我们。”除了鸽子，格丽塔只见过麻雀。“看那些小鸟啊。”格丽塔对我喊道，她指着那些麻雀，它们蹦蹦跳跳，穿过人行道，振翅飞上小树，那些树在通往她的日托所路边的人行道上，路面上裂了缝。

麻雀还源自我们给格丽塔买来，读给她听的最后一本书，书名叫《狮子与小鸟》。书中，一个仁慈的狮子农夫捧起落入他的田地的一只受伤的小鸟。他给她修补翅膀，把她带回自己家，小鸟在那里度过了一个温暖的冬天。几张图显示，他们勇敢地面对严寒，小鸟依偎他的鬃毛。他们俩一起享受噼啪作响的炉火。他们睡着了，小鸟躺在狮子床边，他的拖鞋里。这本书讲的是必然之事：小鸟翅膀上的伤痊愈了，解冻期过去了，小鸟飞走了。“是啊，我知道会有这么一天。”狮子对小鸟说，书中只有这么一行对话。接下来那页是个白色跨页，画面上只有狮子仰望天空，每次看到这儿，我都会流泪。

接下来的几页中，狮子垂头丧气地过日子。还是那片天地，还是那团炉火，还是那张床——但小鸟不在了。“有时生活就是这样。”那本书告诉我们。风更凉了，狮子突然意识到自己正在抬头看：“她还会来吗？”他想。接下来的几页是令人煎熬的延迟，一场空欢喜和一片落叶。然后，那只小鸟俯冲下来，落在一根树枝上，注视着狮子。他们将在彼此的陪伴下熬过又一个冬天。

格丽塔死后，这本书令我无法忍受。我们过着和狮子一样的生活，小鸟没有希望回来。每天，我们起床，做早餐，淋浴，穿衣，走进世界，没有我们的麻雀。

在“阿萨夫王国”的床上，我伸出手，轻柔地抚摩鸟嘴的线条。那只鸟脆弱又光明，仿佛我伸出手便能掬起它的温暖。我看见一只爪子搭在一弯新月上。张开的鸟嘴对着斯泰西的右耳。“她是在对你唱歌吗？”我问斯泰西。几滴泪从她杏仁形的眼角涌出，滴在床单上。

“是啊，有时候会。”她轻声说。

终于，当我们走进那个房子时，我们知道：这就是我们的家。那是水边一套砖砌的二楼公寓，我们一进去就爱上了。我们和其他看房人擦身而过，努力与占有欲带来的本能的恐慌做斗争——它是我们的！我们比你们所有人都更配拥有它！——这种想法在我们心头升起。我们从一个三十五六岁的女人身边挤过去，她是带母亲一起来的，她独自站在次卧里。双层床。一个经纪人告诉我们，这家有两个孩子，一个男孩，一个女孩，父母在这套布鲁克林的二楼公寓里把他们养到上中学。我和斯泰西正在等待我们最新的排卵测试结果，我们意味深长地对视了一眼。

看房回来的路上，我们在车上叽叽喳喳地闲聊。“我真能想象我们在那儿生活十年。至少，”斯泰西不停地说，“学区很好，而且到处是花园！给人感觉在那儿生活更轻松！你不这么认为吗？”

我也这么认为，但除了点头，我做不了什么。一如既往，斯泰西那股子向前冲不服输的劲头继续把我们拽进未来，即使在我无精打采、迟疑不决的时候。她在开车，我偷偷看了一眼她的眼睛，那双眼睛明亮清澈。她分析到，我们得找一个转租的房子。如果他们接受我们的报价，十二月中旬大概就能成交了吧？我努力跟上她的节奏。她把车开上布鲁克林—皇后区高速公路时，她口授，我给我们的经纪人发邮件，我尽职尽责地用她的手机打字，偶尔还会举起一只手，恳求她慢点，慢点。

第二天，我们报了价。那晚，我们又在阿萨夫扎人的宜家被子上做了爱。我们感觉这种兴奋既鼓舞人心，又可怕，就像呼吸冷空气。我的神经极度衰弱，然而乐观精神仍在其中流淌。我认识到，我天生如此。如果你是为乐观而生的，那就想法子保持乐观。我们不能继续不在乎下去了，即使我们想这样。我们就不是这类人。我突然同情起悲观主义者来了：你们也是情不自禁的。

十二月了。他们接受了我们的报价，但成交日期再次推迟。我们坐在漫长、令人萎靡不振又无家可归的生活的最后一间爱彼迎出租屋里。旅行包里的东西我们已经用了两个月。

这间公寓没有 Wi-Fi。有一张从街角的小杂货铺买的 AT&T 充值卡。厨房里有一把刀，凑合着能切南瓜。尽管如此，我们几乎每天晚上都自己做饭吃，几乎突然中断了每天晚上叫外卖、下馆子的生活方式。

今天晚上，我们端着带裂纹的小塑料碗吃干透的菜豆和半生不熟的米饭。我们用咖啡杯喝劣质葡萄酒。

沮丧抑郁的我决定出去买点巧克力当甜点。结果，我在街上来回踱步。天冷极了，商店全关门了，我迷失了。不知为何，没有巧克力忽然让我伤心起来，孤寂感袭来，叫人受不了。斯泰西不停地给我发短信。“你快到家了吧？回来吧。”我给她发了一串脏话。她写道，“我这儿有个东西能让你的心情好一点。”我脑子里一片乌云，但我很确定自己知道她说的是什么。她要给我看她设计的内嵌式储物架的最新草图。各种版本的草图我已经翻来覆去看了好几天了，已经快要说不出鼓励的话了。

当我拉着脸，垂头丧气走进门时，斯泰西温柔地让我闭上眼睛。我看着她。“好。”我说。我闭上眼睛。等待着，很不耐烦。我听到她回到我身边时脚踩在地板上发出的嘎吱声。

“睁开眼睛。”她轻声说。

我睁开眼。

我看着一个带有小屏幕的白色塑料棒。

上面写着：怀孕。

FIVE >>> PREGNANCY

五 / 再次怀孕

格丽塔出事后，斯泰西的母亲苏珊越来越自闭。她会连着十多天不回短信，终于回消息时，我们才发现她从没离开过家，所有时间都是在床上度过的。她仿佛老了三十岁：吃了治创伤后应激障碍的药，她的手开始抖，她无法专注于一件事超过一个小时，这意味着，她的行为失控了。

我们再次见到她时，圣诞节刚过。我们心照不宣，都没过圣诞节，除了那次植树活动，这是几个月来我们所有人第一次聚在一个房间里。我和斯泰西终于搬进了新居，装修了几个星期，房子能用了——内嵌式书架装在客厅，地毯铺上了，地板和各种表面也都擦干净了。该让家人来看看了。

此外还有一件小事，那就是宣布我们的消息。

心情是喜悦的，也是犹豫的、脆弱的：同在一个房间，有时感觉像参观爆炸现场，陪伴彼此时，我们多多少少警醒着。我和斯泰西在吧台旁小声商量，我又打开一瓶香槟。现在？不，现在不行。

杰克和斯泰西温和地取笑苏珊不落俗套的为母之道："还

记得我上高中的时候，有一次我在阿曼达家过夜，喝多了，没告诉你的事吗？你给她家打了电话，还留了世界上最疯狂的语音留言。”斯泰西模仿起来。“得有个人！他妈的！把你！提溜回来！”斯泰西笑弯了腰。

“我过去经常把朋友们带回家，就是为了让他们看看，你允许我们当着你的面说脏话。”杰克说，他站在冰箱那儿，打开了第三瓶啤酒。“没人相信我说的话。所以，我把他们带回家，大声喊：‘操！操他妈的！妈！’”

苏珊很无助，擦着眼角的泪。“研究表明，我这么做是对的，”她大声说，“显然，被允许说脏话的孩子长大后更聪明。”

“看到了吧，妈妈，”斯泰西拿话刺激她，“你要是住在布鲁克林，就会一直像现在这样。”

“我喜欢我那栋楼。”苏珊回答，她的笑容僵硬了一些，房间里的气氛随之冷了下去。

没人搞得懂苏珊为什么非要留在上西区，她的外孙女被砸死在长椅上，而那张长椅就在拐角处。但她守着那个公寓不放，就像咆哮的大海中的一条救生筏，被连续不断的回忆折磨着，貌似并不考虑将生活再次颠倒过来。她觉得在里面很安全：小花园里有一块牌子和一棵树是献给格丽塔的。门房每天检查她的情况。但她迈出门的那一刻，世界熙熙攘攘，她恐慌。一天，一辆汽车放炮了，她犯了癔症，瘫倒在人行道上。

莱斯利试图改变一下气氛。“有人要香槟吗？斯泰西？”斯泰西没来得及拒绝，莱斯利就已经弯下身，给她斟满了。我走过去，一把截住了杯子，但所有人都注意到了，我发现苏珊和杰克正在交换意味深长的眼神，所以大概不会制造什么惊喜了，我调低音乐声，斯泰西和我坐在对面的椅子上，面对坐在沙发上的他们，斯泰西说：“好了，我们有消息要告诉大家。”

苏珊的反应是喜惧参半，“哦，我的天。我太为你们激动和高兴了。”她说着，热泪盈眶。接着，她依然带着哭腔，补充了一个想法，“也许我该搬到苏格兰去住。”

我们都笑了。什么？！然而，在这种情况下，一切似乎都是合理的，触手可及的希望的前景，隐约可见的威胁，以及新生活的前途，这是件令人疯狂的事。我们脚下的地面再次升起，我们就像感觉到暴风雨即将来临的容易受惊的动物。我们互相拥抱，且笑且泣，然后，突然间，所有人都离开了。我们需要再次独处。

看到斯泰西沿着街区走过来时，我正在一家瑜伽馆外面等着和她见面。她在怀孕初期，还没显怀，但身体散发着某种神秘的外激素信号，所以有那么几个异常敏感的人开始用异样的眼光看她。当他们走过时，你几乎能看到他们的想法在头上冒泡：“她是不是……他们是不是？”

她越走越近，面孔变得清晰起来。她慌张、愤怒，走得很快，两只手在身侧握拳。“我刚和我妈吵了一架。”她告诉我，“她告诉我她永远不会搬家。我有点激动，就把电话挂了。”

自从我们宣布怀孕的消息，苏珊和斯泰西就一直吵架。次要的东西变了，但潜在的紧张关系没变：苏珊总认为自己被误解了，斯泰西又觉得自己什么都明白。她们吵了一辈子，这次也不例外，但格丽塔死后，她们吵得更凶了。格丽塔是连接斯泰西和苏珊的那座脆弱的桥梁。现在她们站在海湾两端，谁也听不见对方说什么。

“哦，不。你问她为什么了吗？她怎么说的？”

“她说她所有的回忆都在那儿。”斯泰西说，说“回忆”这个词时，斯泰西恶狠狠地拉着长音。“她忘了她的家人都在布鲁克林，而且我们再也不会去上西区了。她知道。”斯泰西停下来，颤巍巍地吸了口气，“我只是……希望她没有做出这种决定。”

一如既往，涉及斯泰西的家人时，我不知道说什么好。我只是说“但愿她能改主意”。我们走进瑜伽馆，锻炼身体。

斯泰西第二次怀孕已经十二个星期了，我们每个星期仍一起做三次瑜伽，有时候四次。在旁观者看来，这种强迫行为类似自律，但当我停下来，注意到我们的专注中潜藏着绝望时，我不禁退缩了。我们一直害怕回到格丽塔出生前我们没有孩子的那段日子，那个时候，整个周末我们都会漫无目的地瘫在某处——那样我们会辜负她，她会被遗忘。所以我们非常投入地练习瑜伽。

我们被艾扬格瑜伽的严苛吸引了，这种瑜伽要求身体的几个点必须保持在一条垂直线上，近乎一种拜物（迷信）。在其他课上做的简单的体式变成了量子物理学问题，站立不只是一个单一的动作，而是很多动作——脚后跟扎向地板，大腿和膝盖向上提。我很感谢这种复杂的指令，部分原因是，它将我生命的重量消散在碎片中，当我把所有注意力和能量指向我的左脚的大脚趾骨时，我感觉生活更好应对了。

其他同学陆续到来，我们坐定时，他们默默地跟我们打招呼。

“眼神放柔和，不要聚焦，让光进来，但不要抓住它不放，”我们的老师米米说，“上眼皮盖住眼球，直到上下眼皮碰到一起。”

我试着接受这种独特的指示，眨眼间发现新奇的东西。我感觉身边的斯泰西也平静下来了，呼吸变得均匀了。我闭上眼睛，当上下眼皮终于碰在一起时，我找到了格丽塔，仿佛指肚碰到一个冰凉的旧伤疤。我认出了她，我微笑。嗨，宝贝。我对她悄声细语。

我将双臂高高举过头顶，感觉内脏上提，释放出潮水般的往事和感觉，就像盘子碟子噼噼啪啪摔在地上。我的身体靠向前腿，双臂向上天乞求。我看到吃了两周奶的格丽塔颤动的手指，她歪着脑袋，闭着眼睛，仿佛在指挥水下交响乐。“她醉奶了。”斯泰西温柔地说。泪水顺着我的脸颊流下，和汗水一样温暖无声。米米、斯泰西和其他同学对我视而不见。这个部分也是日常。

我们折叠身体，抱住僵硬的双腿。

“看你们的膝盖，”米米命令道，“能看见它们抬起吗？抬起它们，然后收回。看到区别了吗？”

米米对膝盖着迷，不停地鼓励我们抬起膝盖，观察膝盖。我顺从地盯着膝盖，当我的指尖擦到脚趾时，格丽塔穿着紫色连体泳衣出现在我眼前。她伸着两条又短又粗、法兰克福香肠似的小腿，满面通红，头发乱蓬蓬的，里面全是汗。“我再——也不想在外面待着了。”我听见她说——最近她学会了“再也”这个词，她拉着长音说，她以某种方式知道了这个词的确切用法。

我直起身，双脚并拢，吸气。我回想起她用手抚摩、探索我的脸部轮廓时的感觉。tadasana，山式。老师让我把骨盆想象成一碗满满的、我却弄不洒的水。我想起格丽塔的双腿夹着我的臀部。我想起她黏糊糊的手指插在我发间，她琢磨着什么时脸上那种专注的表情。

大部分日子，这些回忆会在我眼前一晃而过，我无法清楚地看到它们，这令我恐慌，感觉忘了似的。我感觉我的头脑在做这件事：对她进行删节，将我们几个月的日常生活删减到某些时刻。那天下午，我把一只紫色的气球系在格丽塔的衬衫上，她时而欢乐，时而沮丧，都快把自己逼疯了，她抓住气球，放开气球，看着它在她的脸上方几英寸的地方飘浮——这已经成了一个名叫《格丽塔，12—14个月》的心灵文件夹的封面。我的头脑从未打开过那个文件夹，我担心，因为里面是空的。

我把这个时刻拍成了一个十六秒钟的视频，那是在丹尼和伊丽莎白的女儿克拉拉的四岁生日过后。我们在聚会上的照片拍得很随意，奇怪的是，这意味着我记得更清楚：我的脑子必须用加班加点的工作来填补空白，提供气味和声音。至于气球，每当我拍下一张完美的照片，我只记得自己感受到微微的滑动。现在她走了，我明白这种感觉意味着什么了：那是我的脑子卸下一副担子的声音。这件事我们可以放手了。你拍的照片越多，就越允许自己遗忘。

她现有的照片和视频我已经如饥似渴地翻看了很多遍，我对它们的反应已经减弱了：它们仿佛被耗尽了。有个念头依然困扰着我，我认为还有更多的她，在某处，尚待我把她从数字世界里解救出来。或许，如果我继续看下去，上天就会把她红扑扑的脸蛋和眼睛下面的细纹再次送到我眼前。

我平躺在地上，双脚搭在墙上。灯光暗下来，米米把抱枕放在我的脚掌上。斯泰西躺在我旁边，看到她的脸在颤动，我知道她又恶心了。快下课了，我们得赶紧给她弄点吃的以缓解恶心。

斯泰西的恶心症状比上次严重得多。我下班回来经常看见她趴在那儿，一只手捂着额头。她有呕吐恐惧症，所以，她呻吟时，暴躁的情绪被遏制住了。从某种意义上来说，恶心对她有帮助，可以分散注意力：她这种直接的痛苦剥夺了我们思考未来，或者深思它的意义的能力，使人头脑清晰。

我们尽快离开了瑜伽馆，斯泰西摸出随身携带的一个密封塑料袋，里面装着杏仁，她吞下大约十二颗，对抗恶心。我们在附近的一家咖啡馆坐下来，面对面，喝着滚烫的咖啡。我感觉疲惫、冷静、清醒，这也是瑜伽带来的短暂且迅速消失的安宁。有那么几分钟，我的脑子可以停止试图去解决格丽塔不在人世这个问题。

嗡嗡声，斯泰西掏出手机，皱起眉头，“又是我妈。”她说，然后用力回了几个字。她翻着白眼，咕哝着，“该死。”她把手机“啪”地扣在桌子上。

“她说什么了？”

“哦，你知道的，不是道歉。又在解释。”

“我要不要……？”

“不知道。”斯泰西厉声说，她的眼睛湿润了。我们坐着没动。

“我知道我应该更有同情心，但她的无助令我抓狂。”过了一会儿，她说，“我每次想帮她，她都会断然拒绝。她拒绝考虑我所说的一切。”

斯泰西生气时，浑身都有反应——肩膀耸起、紧缩，嘴唇抿着，眼神漠然，仿佛贝壳“啪”的一声合上了。看着她，我想到自我保护的生物体在外骨骼内部拉扯自己，它们最无助时便会摆出这副不可战胜的架势。

苏珊气呼呼地给我发短信：“对不起，但要过很长时间我才能跟斯泰西说话。她曲解我所说的一切。她指责我只考虑自己。她挂断我的电话时，有百分之九十的时候会说：‘我没法跟你谈这个。’我受不了了。我不能再当她的出气筒了。”

“我们都是行走的伤员，”我提醒她，“我们都在伤害他人，我们互相伤害。我爱你。”

那天晚上，斯泰西趴在我怀里痛哭。我抱着她，眼睛盯着天花板，心想，无论双方收集了怎样的证据，但有一点，争吵的父母和孩子永远都是对的：你不是我，你不知道我是什么感受。

我们去做了第一次超声波检查。我们选了一家新诊所，在格丽塔出生的城市的另一头。那儿没人认识我们——那个头也不抬让我们签字的女人不认识我们，那个把我们从播放吵闹的美国有线电视新闻网（CNN）节目的候诊室找回来的技师也不认识我们。

“OK，如果妈妈可以到台子上去，撩起衬衣，我们就可以开始了。”她说。我注视着这一切在我眼前再次发生：从管子里挤出的冰凉的胶状物涂抹在她身上，那个又大又笨重的多普勒显像仪。橡皮套触碰斯泰西时，我看着屏幕上的黑区。

先是混乱了片刻，超声探头盲目地寻找时，机器发出低鸣，“稍等。”技师小声说，她更像是对自己说，而不是对我们说，她转动手腕，画着小圈，眼睛盯着监视器。房间里充满风振噪声，满屏白色。我们屏住呼吸，等待混乱状态自动消失。

突然，声音清晰起来了，一种急迫的重击声充满小小的房间。“有了。”她说，声音中透出职业满足感。我都忘了，胎儿的心跳快得惊人，像一个将要溺死之人冲出水面时的呼吸：咚咚咚咚咚咚咚！

声音充满了房间：响亮、急迫，与屏幕上漂动在水上的那缕组织不相称。斯泰西的右手抓着我的手，攥得太紧，我的指尖都凉了。当我看着那团脆弱的细胞忙着细化时，一种奇妙的感觉在我的血管里流动。不可名状：有恐惧，也有喜悦。第一批抗生素进入被感染的病人体内，或者催促一个受损的机体恢复正常。

“祝贺你们。”技师说，“一切看起来好极了。”

我们上了电梯，一时说不出话来，手里捏着那张写着日期的小小的打印纸，我们没有名字的第二个孩子在上面漂浮。

我们乘电梯下去时，我看着它，抓着纸边，以免把指纹留在上面。在这个混合 DNA 的半透明的小云朵中央，正在酝酿一场风暴，每秒钟都会无声地发生一百万次爆炸。中央的生命已经开始成形，选择造物之路，每次走一条分叉的遗传通径。即使到了一楼，电梯“叮”的一声响，电梯门向大堂敞开，即使备受痛苦折磨的我们走到街上，那个生命依然变得越发清晰。

第二天坐地铁上班的路上，我开始试探着和我未出生的孩子说话，向他或她许下小小的诺言。“你好啊，小家伙。”我仗着胆子说。我口齿不清，仿佛中了风，正在康复中。“昨天我们听到你的心跳声了。非常有力！你听起来像个意志坚定的小家伙。你很快就会学会很多东西。光明、黑暗——首先你得了解这个。双手没有被捆住时，你要学会感觉安全。你要学会怎么吃妈妈的奶。你要记住很多东西。不过，你会做得很棒。你要学习，我很兴奋。”

“我也有很多事情要做，”我告诉那个孩子，“为了你，我要学会让你对这个世界有安全感。这是爸爸要考虑的问题，不是你的问题。他要绝对确保你明白，这个世界是个安全、美好的地方。”

我的办公室搬到了曼哈顿市中心，世界贸易中心一号大楼。从我的新窗户可以直接俯看到原来那两栋高楼留下的深坑，如今那里是喷泉，上面刻着几千名死者的名字。在这里，这座岛锥形的尾部，建筑物麇集，肩并肩矗立，不怀好意地看着我。每个角落都是铅色的，建筑工地如火如荼，重物如炮弹般喷在波纹钢上，手提电钻掘起下面一块块的街道。

我告诉自己，如果我们真打算再把一个孩子带到这座城市，最起码我要教会他不要生活在恐惧中。正这么想时，一个父亲把孩子送上黄色校车，我惊愕地看着那辆车嘎啦嘎啦开走了，一路上几乎剐到了沿路所有车的侧视镜。

我步履缓慢，转进另一条巷子，感觉它就建在我心里。我的视线中只有一个人，一个在街上慢跑的人。我放慢脚步，等他从我身边跑过去，消失不见。我抓住这个机会，张开嘴，大叫——一种短促、尖厉、闷在瓶中的声音。换来的是一股内啡肽在体内涌动。我听到自己的声音从成群的建筑物上弹起，可怕，且充满痛苦。我听着回声渐渐消失，只有这一次，我感觉到自己的强大。你伤害不了我们。

此后，我开始在纽约寻找可以安全尖叫的空间。这座城市有八百万人口——我能找到一个角落，可以像一个被刀刺伤的人那样号叫，却不被任何人听见的概率到底有多少？我的成功率惊到了我。清晨商店拉起百叶窗前的购物中心；布鲁克林工业区深处的单行道，四周只有停放的卡车和空仓库。这些都是适合我做实验的空间，我让这座城市颤动，咔嗒咔嗒松开螺丝，听到我的声音从墙壁上反弹回来。

有那么一两次，我判断失误。在地下，我发出三声气喘吁吁的尖叫，那声音就像谁的手被火车碾过去了。一个男人突然从街角的报摊跑出来，眼神警觉：他看见我了，只有我一个人。

我跟他没什么可说的。我只是摆摆手让他走开。

我们的公开哀悼仪式淡出视线了，于是我们被迫想出这样的私人仪式。正如所有在夹缝中出生的生命，我们的私人哀悼仪式很古怪：扭曲，且难以言表。我想到格陵兰鲨鱼，最近这种四百岁的生物因其丑陋而暴得大名：它黏黏臭臭的肉不能摸，有毒，它在距阳光数英里处适应着生活。我感觉我内心也有某些类似的东西，我辨别不出它们是什么，但同样适应着生活。

我开始随身携带从小礼品店买来的禅书，比如佩玛·丘卓[1]的《当生命陷落时》。我说“随身携带”是因为我不看，真的：我只是在地铁上从包里掏出书，拿在手上，大拇指在书脊上来回摩挲。偶尔我会从书中摘录几句，比如这样的鬼话，“世间发生的一切不仅是可用的、可行的，而且是路径本身。”第一次读这类书时，它们散发意义的光热，但第二天我就觉

1 Pema Chodron，创巴仁波切最杰出的大弟子之一，西藏金刚乘比丘尼，北美第一座藏密修道院甘波修道院院长，现代人身心修持的精神导师。

得它们乏味而冰冷了。

我母亲告诉我，她开始疯狂地给那株为了纪念格丽塔栽下的粉绣球覆土护根。她担心不开花，不停地跟它们说话。“我需要你们在这里，如果你们不介意的话。”她对护根的碎屑小声说，“为了赞美你的生命和你美丽的心灵。”

格丽塔死后，斯泰西的哥哥杰克的生活陷入了恶性循环。他每晚都去酒吧，有时甚至待到早上六点。一个晚上，他会喝下十几杯伏特加苏打水，为更沉重、黑暗的物质扫清道路。第二天，他在浴室里喝啤酒。他结交新朋友，或者把我们从没见过、从没听说过的老朋友介绍给我们。你能感觉到他们和我们见面时那种不安和矛盾的情绪，感觉到他们握手时的冷淡。这是沉迷于夜生活所结成的不稳定的同盟，见不得光。杰克头脑清楚，知道自己在做什么：这就像他的《离开拉斯维加斯》[1]，一场向他已故父亲的致敬演出。

至于斯泰西，我只能猜测她的悲伤有多深。显然，一如既往，她更喜欢躲在明处，转移注意力，在不知疲倦的社交能力的掩护下行动。她和格丽塔的关系是一间封闭的私室，我充满渴望地向内窥视，满心羞愧。

说起他人的情感，她口才流利，对自己的情感却一向装

1 美国电影，改编自约翰·奥布瑞安的同名小说《离开拉斯维加斯》，讲述了一个失意剧作家去拉斯维加斯酗酒而死的故事。

聋作哑。生气或情绪低落时，斯泰西会说点什么，声音越来越小，然后气呼呼地示意我填补空白。我是她的翻译。这是我们的协议的一部分。

这对我来说更容易，因为我拥有这些词语，它们随时从我心里涌出，吸引所有人的注意，塑造并定义我的痛苦。斯泰西没有词语。对她而言，失去女儿的悲伤是一种色彩、一朵云。

当我跟她分享大喊的感觉有多好时，她承认："有时候我会在车里喊。反正我也有路怒症，车里是个安全的地方。"她的路怒症发作时的情景在我眼前一闪而过——她的脸被惊人的愤怒扭曲了，她在高速公路上用掌心猛击方向盘。那个情景如此逼真，我禁不住同情地打了个哆嗦。

我只见斯泰西悲痛过一次，那是在她父亲突然去世后，那时我们刚结婚半年。起初我们什么都不知道——很突然，原因不明。她和夏洛茨维尔那边来回通了很多次电话。她叔叔打来电话，闪烁其词，不肯细说。然后，细节以可怕的慢镜头显露出来。

"有一把手枪。"几个小时后，斯泰西得知了真相，她把手机放回膝头，只是这样简单地告诉我。他坐在床上开枪自杀后几个小时，他的一个朋友发现了他的尸体。

我张着嘴看她，感觉脚下的地板塌陷了。她似乎不再需要我的支持了。当她得知父亲死了，莫名其妙地死了，她悲痛欲绝。结果事实要可怕得多，她反倒不哭了，出奇地清醒镇静。接下来的那个星期，她充当我们的向导，默默地做准备工作，和她的叔叔讨论物流。她应对家庭动力问题。她挑选合适的骨灰盒。她帮着写悼词。我几乎没再见她哭过。她被需要，或许正因如此，才卸掉了她自身需要的负担。

出于某些基本信念，她父亲的一生戛然而止。他崇拜悲剧人物，比如格拉姆·帕森斯[1]、洛奇·埃里克森[2]和伊恩·柯蒂斯[3]。他给人的印象是悲伤、扭曲、粗犷且英俊，他是个寡言少语的男人，有好探索的智慧和敏锐的鉴赏力，苏珊上大学时，他们俩仅靠一条细细的纽带联系在一起，那就是他们对摇滚乐、书、反主流文化和食物共同且强烈的爱好。他笑容灿烂、举止文静，“你从来不知道他的笑容背后隐藏着什么。”葬礼上，他的一个朋友深情地回忆道。

随着岁月的流逝，苏珊开始想要不同的东西：纽约城、艺术、音乐、新的社区。斯泰西的父亲只想要那些东西，夜复一夜，在弗吉尼亚：啤酒、烤牛排、一家人聚在电视机前。他们终于还是离婚了，漫长、丑陋、激烈。当时斯泰西在上

---

1 Gram Parsons，1946—1973，美国唱作人、吉他手、钢琴家，被称为另类乡村摇滚教父。多年吸毒导致健康恶化，于 26 岁死去。

2 Roky Erickson，1947 至今，美国唱作人，迷幻摇滚先驱，滥用药物，精神分裂。

3 Ian Curtis，1956—1980，Joy Division 乐队主唱，有癫痫病和自毁倾向，后上吊自杀。

大学，杰克在家。在斯泰西的毕业典礼上，她父亲可怜兮兮地躲在角落里，担心引发冲突，扫她的兴。后来，他在一条巷子里遇到斯泰西，递给她一张银行卡和一张支票，嘴里咕哝着，默默流泪。他仍然希望避免当众争吵，于是转过身，偷偷潜入黑夜。斯泰西现在说起这事还会哽咽。

离婚后，她父亲搬到了夏洛茨维尔，孩子们则跟着母亲在纽约定居。与家人相隔数百英里的他开始扮演离婚男人的角色——租住的公寓、夏威夷衬衫、新款电动宝马车。他有一台巨大的电视机，还收藏了大量DVD，大部分是恐怖片和坎普片:《洛基恐怖秀》《地狱旅馆》、罗杰·科曼的《恐怖小店》和《粉红色的火烈鸟》。

我认识他的时候，他面色潮红，血管隐约可见，像是那种几个小时就能喝光一大瓶1.75升装威士忌的人。我们第一次晚上一起出去喝酒的时候，我眼看着他做到了，他的举止没有明显的变化。他给人感觉郁郁寡欢，情绪有些低落，但同时有一种不可侵犯的尊严。但我从他拱起的眉毛和并不暗淡的眼神中看到那个观察者的头脑仍在工作。

他自杀那晚，我和斯泰西出去吃了晚饭，毕竟我们还年轻，才结婚半年。我向她举杯。“为了我们一生中最糟糕的夜晚。”我阴郁地说。

杰克立刻开车去了夏洛茨维尔，花了两周时间独自打扫他父亲的公寓，他把很多东西丢进垃圾箱，变卖掉一箱又一箱塑料包装尚未拆掉的新衬衫和新领带。我和斯泰西赶到时，公寓差不多空了。我和杰克站在他父亲的卧室里，床和床架已经没了。大家决定，我继承他的立体声音响。我拆音响、拔电线时，杰克把余下的乱七八糟的东西塞进袋子，我尽量不回头看远处墙上那个不规则的弹孔。

有时我会想，她父亲的突然离世是不是在某种程度上，会使斯泰西对我们天翻地覆的生活措手不及。这是个可耻的想法，当这个想法向我袭来时，我曾试图躲避，却无声地淹没在我的愤怒和绝望里，我逃不掉。

一天晚上，吃过饭，我们重又坐在沙发上，把音乐声调低，因为我不想有分心的东西。我转向她说，有一个问题要问。

"格丽塔死之前，你是不是认为世界是一个——"我犹豫了一下，忽然想起了我对我那个未出生的孩子的承诺，"——是一个美好且安全的地方？"

她感知到我的需求的分量，惊讶地看着我。

"啊！这个问题很难回答。"她皱起眉头，慢悠悠地说，"我想，我生活中的一些时刻……使我认为，可怕的事就是会发生，"她说，"也许那个意外发生之前，我相信我们不会遇上那种可怕的事。不过，我的回答是否定的。格丽塔死的时候，我的世界观并没有崩塌。"

她这么说时，我感觉令人尴尬的事实在心中凝结。我会给出肯定的回答。这个天真的想法此刻令我备受煎熬，在我心里充满几乎令人失去判断力的自我厌恶。我可能会支支吾吾，解释两句，但我会给出肯定的回答。我意识到，这就是住在我身体里的那个尖叫。这个版本的我——这个快乐到可鄙、没头脑的孩子——受到了伤害。他吐血，用拳曲的手指抓沥青路，但荒诞的是，他拒绝死。

“我感觉那块砖头也砸中了我，”我对斯泰西咕哝道，“它并没有一下子杀死我，但现在，我身体里的这个声音一直在尖叫。我需要我身体里的这个家伙停止尖叫。”

我们开始给孩子想名字，但所有的探索都令人焦虑，就像一面哈哈镜提醒我们第一次坐旋转木马时的情景。

“欧若拉（Aurora）是一个罗马神话中女神的名字，她把眼泪变成晨露。”我提议。

斯泰西咧了一下嘴。

“不太好念吧？欧—若—拉。不过，意思不错。”

“霍普[1]？”斯泰西问。

“可能让孩子承担的东西太多了。”

“是啊，太字面意思了。”斯泰西承认，接着，她意味深长地说，“我上高中的时候认识一个可爱的女人，叫霍普。”

1 Hope，希望的意思。

"瑞娜塔（Renata）怎么样？意思是'重生'。"

斯泰西皱起眉："'重生'很奇怪。"

"伊迪丝。艾达。杰西。欧文。罗斯？"

"我们的孩子总不能叫罗斯·格林（Rose Greene）[1]。"

"弗朗西斯呢？"

"我总觉得弗朗西斯这个名字……有点虚情假意的。"斯泰西说。我无法反驳，于是我们继续寻找。

由于恐惧和精神创伤仍在耳边发出巨响，我们无法完全相信斯泰西的肚子里有个正在成长的孩子。它是地平线上的一个可能性，一个可能成功的好事。B超图上那朵小小的白色的生命的云朵更像太阳：我无法直视它太久。我对那朵云说话，想象它变成一个生命。我想象我能听到它的头脑开始嗡嗡作响。我想，它认识我。我知道，我对它小声说。爸爸会修复他的心。我知道。

我努力冥想，想象对我有害的愤怒和痛苦，像云朵飘过一片永恒的天空；想象自己是一个穿过动脉的血细胞，一个运动的媒介物。换句话说，我试图假装自己是某个非人类的东西，比如一尊石佛，眉眼低垂，唇间一抹微笑。这才是超然物外、内心平静的样子。可现在我却觉得这样太自命不凡了。

1 美国知名的性少数群体权益倡导者。——编者注读文章本是为了逃避，我却在里面发现了讨厌的句子。“据专家预测，携带寨卡病毒的蚊子将于夏天来到美国。”《纽约时报》宣布，同时配上一只蚊子的插图，像一种机械化战争的工具，身体里充满鲜红的液体。这篇文章出现在我的脸书的信息流里，紧接着是林 - 曼努尔 · 米兰达[1]在2016年格莱美颁奖晚会上发表获奖感言的视频。“塞巴斯蒂安，爸爸要把一尊格莱美给你拿回家了。”他兴高采烈地喊道。我气呼呼地瞅着他，瞅着这个喜气洋洋的家伙，他代表了这个国家的父母和他们正在安全健康成长的孩子。

还有一篇文章，这次是登在《纽约客》上，一个神经科学家证实“一个孕妇的精神创伤和创伤后应激障碍的经历可能影响她的孩子在子宫内的发育。苏黎世大学的一项研究表明，雄性老鼠的紧张情绪会改变精液里的核糖核酸，并导致他的后代继续存在抑郁和行为改变。”那句在表面下涌动的咒语纠缠着我：你们不一样。你们都是受过损害的。

我看到一个种族主义者——一个无知、恶毒、什么都不信的男人——慢慢掌了权。我看到人们在他的集会上殴打抗议者，我记录了他上台的这一年。“想象这一切都发生在今天！发生在2016年！”我听见人们反复说。没人搞得懂——

1 Lin-Manuel Miranda，美国演员、作曲家、制作人，2016年凭《汉密尔顿》获格莱美最佳音乐剧专辑奖。

这不可能啊。人没有这么愚蠢、这么残忍。

多半时间，我会闭紧嘴巴，但我想：人当然是这样的。让我的女儿死在如此无意义的环境中似乎永远改变了我对人类可能性的认知，改变了我对我们的潜力和能力的理解。我们是一个不好对付、难以管制的物种，永远一只手遮挡混乱，另一只手向它屈服。我们在地球上的时间还没有久到可以停止与死亡做斗争，放松地活着，并清醒地凝视。通常，我们瞎忙活一场，从遗忘的一个极点，到另一个极点。如果我们真能注意到其间的三五样东西就算幸运了。其余的就是吼别人，被人吼，或者躲在疾风暴雨中一块该死的碎片下面。

是个男孩。做 B 超时，护士帮我们指出他睾丸的大小。我们得知，由于羊水的缘故，睾丸肿胀。后来我们笑她说的话，但这凸显了我们的惊奇，上天交给了我们一个新型的生命。一个男孩。我们的男孩。我们最后选定了哈里森这个名字，就像乔治·哈里森，披头士乐队里那个追求灵性生活的人。卢·哈里森，那个大胡子作曲家，西海岸的神秘主义者。还有，斯泰西狡猾地瞟了我一眼，补充到，就像哈里森·福特[1]。

1 Harrison Ford，1942 年出生，美国电影演员。1977 年因主演《星球大战》成名。

我又听到了他的心跳声，一个不可思议的事实，一个我以为无法重复的魔术。我的心发炎、胀痛——心中充满痛苦、欢乐、懊悔、愤怒、怨恨、惊奇和敬畏，简直要爆炸了。我看不见他，但他就在那里。

我感觉某种形而上学的权威正举着他咄咄逼人的手电筒晃着我恐慌的脸。他递给我一张用花体字书写的简明扼要的召见令：好，你他妈还有二十多个星期，振作起来。他意味深长地停顿了一下，从帽檐下面看着我的眼睛：你明白了吗，这位爸爸？振作起来。

我们第一次参加当地的悲伤小组。一个圆脸盘、双下巴、一头卷毛的男人面带微笑，友好地迎接我们。“我是亚历克。”他说，其实没这个必要，他的名牌正在他右胸口袋里盯着我们。我握住他的手，他握住斯泰西的手。和我们握手时，他与我们对视，凝视我们。他天性热情，那种慰藉感似乎永远在表面，无须特意释放。我感觉我们俩都像向光植物一样朝他靠拢，心门开了一道缝。“这就是参加互助组的人应有的感觉。”我想。我母亲的第一任丈夫参加完嗜酒者互诫协会就曾放射出类似的频率。

亚历克失去了一个姐妹，他轻松地告诉我们。“你们绕过那个拐角去主室吧。”他说着，给我们指出正确的方向。

我们走进主会议室，在门口徘徊了一会儿，看看里面的情况。一切都有一种舒适的破旧感——带卵石花纹的旧地毯；荧光顶灯照得我们所有人脸色苍白，面带病容；还有远端那张桌子，上面摆着从食品店买来的必不可少的曲奇饼，还有两个装着咖啡和茶的保温瓶。长期成员围成一个个小圈，从他们的肢体语言就能看出他们已经这么做了很多年了，他们就像在自家的厨房里。他们的声音很低，我听不见他们在说什么，但他们的表情开放、温暖、放松。

“欢迎。”一个身材瘦长的中年男子突然出现在我面前说。他也伸出了手，那只手长在一条长长的、皮包骨的胳膊的末端。“很抱歉在这种情形下认识你，但我很高兴你能来。”他说，他声音低沉，像随意拨弄的大提琴，“我叫杰克，十二年前，我失去了我的女儿蕾妮，她是得癌症去世的。她那年二十四岁。”

整个房间收缩了，我面前只有杰克。

“听到这个消息，我很难过，杰克。”我告诉他，我握住他的手，当我的目光集中在他的脸上时，试图屏蔽掉他周围所有的人。“我女儿，格丽塔，十个月前走的。她两岁。”杰克的手依然松松地握着，看我的眼神平静而又悲伤。

“我很遗憾，杰森。”他看了一眼我的名牌说。他用那只闲着的手指了一下房间，“你来到了一个好地方。”

几个月来，我和斯泰西一直打算来这个小组。然而天性寡言妨碍了我们，但最近我们一直在家里讨论，应该把疗愈和悲伤“融入”日常生活。我们现在是这样谈论悲伤的：真诚地，把它当成一个格丽塔需要我们帮助完成的作业。自从得知我们的孩子是个男孩，我就告诉斯泰西，这好像交警递给我一张定于某日开庭的法院传票。她也听到时钟的嘀嗒声更响了。“考虑如何纪念格丽塔的同时，我们还要给他腾地方。”她的说法很明智。一如既往，我不知道她怎么想得这么透彻，但我只能同意，并心存感激。所以，我们到这儿来了。

“这儿”是一间主日学校的教室，我也不明白他们为什么会选择这个地方。因为这是我们第一次来，我们和其他人隔开，他们当中有很多人已经来了几十年了。我们新鲜的痛苦仿佛会传染似的，必须被隔离。但这意味着，无论我们往哪儿看，都会看到小手制作的工艺品。“肯定还有别的可用空间吧？”我这么想着，伸长脖子看着两个五岁的孩子留下的紫色手印。

主持人朱迪打算过来认识我们。我环顾了一下其他第一次来的人。我不知道我们究竟散发出哪种暗能量，如果有一张关于这种悲伤的热成像——十来个人聚在这间密室，我们会不会像一座小城一样发亮?

我们闲坐着，陷入尴尬的沉默，不清楚可否交谈。一分钟后，朱迪走进来，坐下，掸了几下裤腿，眼睛盯着我们，一副老练的“没废话”的表情。

“有人说我太有侵略性。”她通过介绍的方式宣称。她夸张地耸了耸肩，垂下眼帘，“你们问我在不在乎。”

我感觉自己向内收，以保护好要害器官，以免被她伤到。此刻，我不想和她在一个房间，我还有斯泰西、我儿子，和我们对格丽塔的回忆。

朱迪自我介绍。她女儿二十年前去世的，她做了很多年主持人。“我们的遭遇与其他类型的丧亲不同。”她说，“事实如此。其他人都以为可以帮助我们，但事实上，这个地球上没有一个人了解我们的感受。人们会试图安慰我们，他们大概已经这么做了。然而这条路无法言语，没有经历过此类丧亲之痛的人说不出有帮助的话。我们经历了一生中最大的痛苦，没有人理解我们的感受。”

她停下来，将一屋人收入眼底，判断我们是否汲取了她的观点。她微微点头，继续说。

“那之后有很多年，我只感觉到愤怒——无比的愤怒，”她说着，轻轻摇头，“我写了很多页文字，满纸的愤怒和绝望，写下我的感受。然后，当我把这些情绪全部宣泄出去的时候，”她做了个放手不干的动作，“我把它锁在抽屉里。再也不想看，不想读了。”

“当我找到这个地方，我才开始明白，也许我脑子里那些想法并没有那么疯狂，”她继续说，“可能其他人也有同样的感受。对我们这样的人来说，这儿是个安全的地方，我们可以聚在这里。好了，我们干吗不轮流发言，每个人都分享一下今天是什么把你带到这里来的？”

沉默的哀悼者们，按逆时针方向，一次一个，打破沉默。安的儿子四十岁，说着说着话，突然犯病，在她面前倒下了。莉迪亚，坐在我对面的女人，她十几岁的儿子死于吸毒过量。今天是星期二，他是上星期四离世的。我惊奇地注视着她，她居然如此镇定地来到这里。她坐在那里，安静、沉默。她的眼睛温柔、湿润，但没有哭。两个朋友坐在她两边，他们似乎已经准备好，万一她不淡定了，就扶住她。她简单优雅地讲述了自己的故事后，下一个人继续说。

在轮到我发言之前，先轮到了斯泰西，她轻轻地清了清嗓子。“嗯，我们来这儿是因为我们的女儿格丽塔在大约十个月前离开了，那时她两岁。”她开始说，“有……一块砖头落下……”

我把双手挤在大腿间，心里有同样的感受。这个故事依然很难讲，主要是因为，似乎没人能理解。斯泰西费力地继续讲下去。

“她和我妈妈坐在上西区一栋楼房前面的长椅上，这时一块砖头掉了下来。她再也没有醒过来。他们给她做了手术，减轻脑肿胀，可是太晚了。这个意外太奇特、太混乱了。有时候很难——”

令我们惊讶的是，斯泰西的话才说到一半就被朱迪打断了，她插话道，“你们看到了吧？看到了吧？混乱！纯粹的混乱！世界是个射击场，我们都被射中了。”

我睁大眼睛，扫了一眼惊慌失措的斯泰西。“你认为你在讲你的故事时她应该打断吗？这是一个团队领袖该做的事吗？”我想。我感觉斯泰西像遭到了训斥，打算退回墙里去。我试图吸口气，松开牙关，却发现牙关咬得更紧了。我默默地从10开始倒数，数到7就数不下去了，大家继续发言，这次从我右边开始。

我们旁边那对夫妻看上去比我们小几岁。他们的儿子生下来是死胎，没有任何先兆。那个丈夫只是默默地握着妻子的手。

我看着朱迪，希望得到指导，结果惊恐地发现，她哽咽了，“你知道吗，你的故事真的打动我了。”她说。

我更生气了，我有一种不祥的预感，很快我就会说出让自己后悔的话。她是在对比我们的故事吗？这是一个团队主持人该做的事吗？

“你的未来好像被夺走了似的，”我想倒吸一口气，但忍住了，我感觉旁边斯泰西的身体僵住了，“这一点尤其糟糕。”我的确定感增加了——我即将在一个非常不合适的环境，一个非常小的房间里发脾气。接着，朱迪果然说，“至少这里的其他人能和他们的孩子建立起一种关系，并了解他们。”

“她才两岁，可不行。”我嘟囔道，声音大到半个屋子的人能听见我的话。

但是朱迪没听见。讨论翻腾向前，大家没有意识到我心中郁积的愤怒。组里还有一个女人，一个生活导师，除了朱迪，她也被请来帮着指导我们。她叫卡洛琳。现在朱迪转向卡洛琳。“卡洛琳，跟我说说乔丹吧。”

卡洛琳用左手做了个表示无助的花哨的手势，她的手在空中绵软地摇动，像默片里的少女。接着，那只手落下，被遗忘在膝头，同时，另一只手无意识地抬起，落在脖子上一块粗大的人造宝石上。

“怎么说呢？”她问。她充满渴望地盯着眼前的那个点，仿佛她的儿子会突然出现，帮她想出说什么。“他是……一切。他有无穷的创造力。他很厉害。他滑稽极了。他……”她抬头扫了一眼天花板上的泡沫砖。“他就是光。”

“现在我被他的东西围绕着，在我家，”她又说，眼睛依然向上看，“很多人让我丢掉一些东西，可是，他太有创造力了……他做了很多东西，绘画、雕塑，还有纺织品。我怎么可能丢掉任何一件东西呢？和我的乔丹做的东西生活在一起，我感觉很舒服。”

卡洛琳低下头，扫视房间，她的脸色略微阴沉了些。“乔丹的妻子改嫁了。”她的脸色很难看，“她有了新家庭。她不明白我为什么想和她死去的丈夫的所有东西生活在一起。”她说“东西”这个词时带着责备的语气。“她好像过上新生活了。”

她满面怒容地说，语气变得哀伤起来，“所有人都期望我在某一时刻开始新生活，”她难过地说，吸引我们的注意，“我不想过新生活。我为什么要这样？我一直搞不懂人们为什么会这么想。有时候，我问他们，‘我为什么要过新生活？’他们从来没给过我答案。”

说到这儿，她再次陷入沉默，手仍放在项链上。我怀疑那条项链也是乔丹做的。

“我们，我们这里所有的人，都在一道高墙的另一侧。”她总结道，“其余的人则在这边。我们能听见他们的声音，他们能听见我们的声音，但我们再也无法加入他们了。”

“我知道你所谓的高墙是什么意思，”我犹犹豫豫地打破沉默，“但我不想永远在这边生活。我真的害怕被困在这边。我的心理治疗师让我放心，说我没有被困住，但我感觉，我来来回回反复经历悲伤的两个阶段，先是某种接受，接着是令人丧失理智的愤怒，如此循环往复。”

“这是一种常见的误解。”莉迪亚左边那个女人插话道，这是她头一次开口说话，“悲伤的各个阶段不是线性的。你又愤怒了，这并不意味着你退步了。”

我抽了一张纸巾，心不在焉地点点头。莉迪亚的朋友似乎很精通心理治疗语言。

“阶段！”朱迪尖叫道，“上帝啊，那些阶段。”她眯起眼睛，冷冷地注视着莉迪亚的朋友。“你是心理治疗师，对不对？”

那个女人点了点头，依然镇定自若。朱迪暴露了她的身份，看起来很满意。

“我想也是，”她说，“你知道，通常，我们有个规定，不允许专业人士参加。”她在“专业人士”这个词上加重了语气，使这个双引号变得像指甲刮黑板一样清晰。她的身体又向前倾斜了一点，仿佛在密谋什么，“不过，既然你是她的朋友，你是陪她来的，我们可以破个例。”

她的态度和语气稍微缓和了一些，像黑帮老大在杀人前那样——我觉着你不错，埃迪。我和斯泰西盯着彼此看了一会儿：真要这样吗？

“这么说，你是心理治疗师喽，”卡洛琳插话道，“也许你能帮我解答一个问题，关于‘接受’这件事。我为什么要‘接受’我儿子的死？”

“并不是接受他的死，而是学会忍受，并接受这个事实。”莉迪亚的朋友回答道，摆出一副心理治疗师迎接挑战的架势。“没有人让你接受他死得应该。”

“噢，那‘接受’到底什么样？”朱迪问。她的胳膊肘支在膝盖上，下巴向前伸。她和卡洛琳暴露了这个闯入者的身份，我感觉她们像抗体一样围绕着她。“我拒绝接受发生在我孩子身上的事。到死我也不会接受。我接受这件事发生了……”

“哦，也许只是换了个说法，但这是滥用语义。”心理治疗师朋友说。她的态度不像刚才那么平和了，更激烈了一点，我感觉她暗暗撸起了袖子。她要承担一些风险。她身边那个新近丧亲的朋友静静地坐着，手放在腿上，家里人在餐桌上争吵时，她大概就是这样。

房间里的气氛急转直下，我紧张地清了清喉咙，“对不起，我不该提起阶段。”我举起一只手说，听到几声尴尬的笑。“我想，我的意思是，它们对我来说是一张有益的地图，但这不一定对所有人都有意义。”我指了一圈，把朱迪和卡洛琳包含在内，“但对我来说，它帮助我在地图上找到了对应的点。我生气的时候——”

“你生气的时候就生气，”朱迪插嘴道，“没必要贴什么标签。”

我突然转向她，发起火来。我忽然感觉这么做对自己有点危险。“你能让我把话说完吗？”我大声说，不在乎语气多么有敌意。“我真的不喜欢你在我说话时打断我。或者，既然说到这儿了，在我妻子说话时打断她。”

我看到朱迪的目光重又集中在我身上，咬紧牙关。我的预感变成了预言：我要和一个悲伤互助组的主持人干一架了。

“听我说，”她说，“我知道你在和愤怒做斗争。过去我也一样。但我从没宣称我是完美的。我和你一样，只是一个丧亲的家长。唯一不同的是，我在这条路上走的时间比你长一点。”

“我简直不敢相信你会说出这种话，”我提高嗓门说，“你有什么权力以你的悲伤给人划分等级？”

现在一屋人都是我的听众，我和朱迪的听众，我们怒火中烧，争夺室内剩余的氧气。她和我，我们就像两个声部轮唱，公开怒目而视。对我来说，带着各自的故事和悲伤来到这里的其他父母变得和其他国家的自然灾害一样遥远。

过了一会儿，朱迪似乎意识到和一个第一次来的成员争论多么不合适。我看着她调整自己。“如果我说了什么让你生气的话，对不起。”她这么说够不上道歉。

“没事。”我说，我的语气旨在表达离“没事”还差得远着呢。

有人不自在地插了句话，大家继续，但对我来说，接下来的讨论是无声的，被我耳朵里的砰砰声淹没了。

后来，朱迪走到我身边，试图弥合裂痕。她把附近一个成员拉进我们的圈子，夸张地大笑道，“哎呀，我跟你说，今天晚上这个家伙简直是另一个朱迪！”她摇着头说，“你知道发生什么事了吗？”她对她的朋友说话，其实是说给我听的，“这个房间里有个专业人士，”又是这个词，我忽然想起来这个词也是“妓女”的常用委婉说法，“我的态度有点粗野。”

她抓住我的双肩，直视我的眼睛，我感觉自己又紧张起来了。“答应我，好不好？答应我你还会回来。每次都不一样。

不同的成员，不同的——”说到这儿，她停顿了一下，她的眼睛寻找我的眼睛，“主持人。我就是想说这个。不要只尝试这一次。”

我生硬地对她咕哝了一句。既然我已经投入精力，将她变为了敌人，我不愿意接受这个女人的宽容和恩惠。

坐地铁回家的漫长的路途中，我几次打破沉默。“对不起，我和悲伤小组那位女士吵架了。”我喃喃道，激动且羞愧。

“我早料到了。”斯泰西冷冷地回答。

我和斯泰西要飞到新墨西哥州和我们女儿的鬼魂相聚。我们的记忆中没有这个地方，无论是单独的记忆，还是家庭的记忆。在我们通往治愈的路上，无论是做这件事，还是其他事，我们都不知道自己在做什么。

意外发生时，格丽塔的两岁生日才过去二十天，差不多就在那个时间，母亲节来了，又走了。这二十天的情景在我们的脑海中反复出现，我们关于她的记忆翻腾不息，那么明亮、逼真，如今却变得虚幻起来。“有时候，我脑子里对她的回忆就像一个传说。”斯泰西说。那次格丽塔吃着饭，突然抬起头说，“食物对我来说很特别。”有这回事吗？斯泰西和她在家，我在上班，她很惊讶，给我发了条短信。现在这个故事开始变得模糊、不可信了。格丽塔不可能说出这种话吧。当两个悲痛欲绝的父母是唯一的见证人时，细节开始变得可疑。但我的记录里有这条短信，上面还标着日期和时间。

我们在圣塔菲待了几天，然后开车去陶斯，这是一个很小的艺术家社区，算不上靠山，而是逐渐变得细窄，深入山中。山脚下某处有一个叫“金柳静修处”的地方，那是一片农田里的一处住宅，经营者是一个叫泰德·维阿德的男人。泰德的那种悲伤故事，任何人听了都会战栗。他短时间内相继失去了好几个亲人，他的兄弟死于船只失事，他的妻子死于癌症，接着，他的两个孩子死于一场车祸。他茫然无措，在一个康复中心住了一阵子，这只是因为他无处可去。后来，他回到家乡陶斯，创建了一个属于自己的社区，为极度悲伤的人提供一个休息处。

这就是我们打算在我们的女儿三岁生日那天醒来的地方。我们俩对这个地方都很好奇，还有点忧惧，就像以前对克里帕鲁那样，我们不知道它代表了怎样的未知——网上甚至找不到它的照片。我们从没在格丽塔不在场的情况下给她过过生日，我们就这样飞过去了，这是一次双盲实验。

在圣塔菲的第一晚，我们穿上暖和的节日盛装出门闲逛。我们吃的第一顿饭上盖着绿辣椒，我们决定以后吃的每顿饭上都要盖绿辣椒。吃饱喝足，心情愉快，我们开始散步，我们去了一家新时代书店兼水晶商店。我们在里面稀里糊涂逛了一个来钟头，拿起水晶，仔细看，仿佛等待它们对我们做点什么。

“这个怎么样？”我问斯泰西，“这是可以自我疗愈的印加石英。”

“哦，我喜欢。”斯泰西说。她看了一眼价签：250美元。我们把它放回去了。

我在后面看了二十分钟书。我走过“东方思想”区，不无兴趣地翻阅关于巫士的书。我看到几个似曾相识的作家的名字：艾伦·瓦茨、哈罗德·S. 库什纳。我发现自己正在翻阅《博伽梵歌》，一本有七百节诗句的印度教经书。到头来，可能有点太遥远了。我想。后来，斯泰西来找我时，我正把一个颂钵放在耳边，用木柄擦动钵边，听它发出的声音。我向斯泰西投去迷惑的眼神：我需要这个吗？我们在人家店里大笑起来。我们一人攥着一个小石头离开了，花了大约十五美元，我们对我们买的东西比较放心。“先从小的开始，慢慢来！”斯泰西分析道。

我们在令人惊奇的岩层中远足，那种为西南部赢得神话般地位的岩层。我曾在山区待过很长时间，去科罗拉多看望家人，但这里的感觉确实不一样。也许是因为人烟稀少，或者是岩层本身曲折特异的气质。或许钥匙链和纪念品商店卖的小玩意上刻着的那个新墨西哥州的别名——“迷人之地”的确名不虚传。我还没感觉到格丽塔的存在，但我感觉得到斯泰西，她就在我身边，温暖、清晰，我也感觉得到我们的儿子。

开车进入陶斯那天，我们在小城边的一家咖啡馆逗留，墙上有一个当地艺术家画的壁画。门前停着一辆生锈的旧哈雷摩托车，旁边有一辆大众汽车，保险杠贴纸上写着“共存”。咖啡馆里在放独立摇滚音乐，我知道是谁的歌，但没想起名字。我看着窗外，想象接下来的几天，只有我们沉浸在我们的思绪里会是什么样，我们将如何打发时间。透过咖啡馆的窗户能看到山。我们能在这里找到你吗，我的宝贝女儿？我在想。我们回到车里，向虚无的更深处开，只有路边偶尔出现的十字架形状的纪念碑标明距离。

GPS 提醒我们，从国道下来要先走一段土路，绕过几辆房车，我们基本上是从他们的后院穿过去的。道路突然向上倾斜，向左转，当我们绕过拐角时，一座废弃的房子隐约出现在我们眼前，墙上布满了涂鸦，所有窗玻璃上都有洞，大概是被无聊的小孩丢石头砸碎的。“哦，但愿不是这个。”我对斯泰西说。不是，我们继续开。

道路继续把我们向上拉，租来的车像一辆古老的过山车，费力地爬升第一段陡坡。几栋小房子，门前的排水沟几乎被杂草堵塞，车开过去，路突然变窄，一个伸到路上的信箱差点儿剐到我们的侧视镜。突然，一片原野出现在我们右侧，金柳静修处呈现在我们眼前。那幢房子坐落在一片广阔的原野中央一个令人舒心的位置，后面有一座用土坯建造的小礼拜堂，这片没有树木的平原上，只有这两栋建筑。

我们在车外站了一会儿，风抽在身上，我们不确定该不该敲门，生怕打扰一个正在宣泄心中悲苦的人。斯泰西在车道上给管理员基尔斯滕打电话，过了一会儿，我们看见她拿着手机出现在门口。她拥抱了我们，请我们进去。

泰德不在，开会去了，我们在的这段时间，他都不在，但他的影子无处不在。每个人似乎都在某种程度上被他感动了，这里的每一个人都有故事。那个煮饭的女人曾在学校教他的孩子们读书。基尔斯滕提到多年前她曾处境艰难，当时她是一名助产士。“泰德在那里。”她简单地说。

格丽塔生日那天，我们被安排见一个叫吉姆的心理治疗师，他在金柳担任“仪式师”。就像灵媒莫林，吉姆这个仪式师也让我和斯泰西产生了诸多猜测。

他到的时候，除了在办公室的基尔斯滕，房子里只有我们俩。他敲门，我开的门。他穿了件白色的鹿皮流苏马甲，白发梳成马尾，脖子上戴了一只猎犬牙做成的吊坠，脸和手是棕色的，布满褶皱，像周围的群山。他身上烟味很重，我和他握手时，烟味充满我的鼻孔。

吉姆的皮肤晒得黝黑，有地质感，看不出他是四十多岁，还是六十多岁。他的语速很慢，不慌不忙，像一个根据太阳的位置判断时间的人。“我熟悉很多不同的仪式。”说着，他用一只皮革般长满老茧的手心不在焉地从鹿皮马甲上拈起一个东西，轻轻弹掉。“这完全取决于……你们俩想要怎样的经历。”他看着我们的眼睛，“你们在寻找什么？”

是这样：这个关键的问题，我们谁也答不上来。这对我们来说是全新的经历，我们试着解释。我们正在探索一种更灵性的生活。我们都有过一些使我们想与更深奥的东西连接的经历。我们没有宗教信仰。不过，你懂。

吉姆插了一句话，拯救了我们。“我想我有主意了。”他说，“我去教堂准备一下，你们俩在这儿等着我。我会过来叫你们。”

说完，他拎起脚边的一只麻袋，慢慢走出房间。我们目送他拉开滑动玻璃门，穿过原野，向教堂走去。

“你觉得他要在那儿做什么？”斯泰西小声说。

“不知道。”我也小声说，尽管房间里只有我们两个人。“你认为我们走进去会撞见什么？但愿吉姆别光着身子。”

我们像中学生一般窃笑。我们穿越几千英里，来到这么远的地方，面对不熟悉的东西时，我们又变回了小孩子的样子。我又想到了格丽塔，她的小脚趾在海水里，面对大海的凶猛，她有点畏缩。*我知道你的感受，小姑娘。*

就在这时，一声巨响，吓了我们一跳，“老天！”我下意识地说。有个东西重重地撞在远处的窗户上，我看过去，只看到一片污迹和一根羽毛。声音太大，后面办公室里的基尔斯滕也出来了。

我们走到窗边，发现一只灰色的鸽子，它躺在那里，断了气，什么也看不见的黑眼睛盯着我们。没有人说话。

我打破沉默。“这种事很常见吧？”

基尔斯滕还在看那只鸟。她转向我们，面带疑惑的笑容。“不常见，说实话。从来没有过。”

我紧张地笑了。“看来不是什么好兆头啊。”我开玩笑道。

“我不觉得好，也不觉得坏，”基尔斯滕说，“这是你们的经历的一部分。我把它拿给吉姆。”

她走出门，光手捧起鸽子的尸体，大步朝教堂走去。吉姆从教堂里走出来（注意到他穿着衣服，我松了口气），他们俩商量起来。基尔斯滕说了句什么，吉姆点头，若有所思地低头看那只鸟。最后，他把它拿进教堂，关上门。基尔斯滕掌心相对，揉搓了几下，又朝房子走来。再次走进厨房时，她又意味深长地看了我们一眼，什么也没说，继续朝办公室走去，然后随手关上了门。

我和斯泰西吓得不敢吭声，那只死鸽子剥夺了我们表示怀疑的奢侈权利。莫林的声音从克里帕鲁回到我耳边：*留意各种迹象*。哦，这不像迹象，倒像是干扰。无论现在发生什么都在我们的理解范围之外，给人无可争辩的感觉。我们介入了太复杂的东西。无论接下来发生什么，我别无选择，只能接受。

吉姆终于出来接我们了。“我想我们都已经准备好了。”他简单地说。我们无言地跟着他，沿着后面那条石块铺成的小路，走进小教堂。泰德在一群青少年和当地失去兄弟姐妹或父母的年轻孩子们的帮助下建起了这座教堂。

一个柴火炉里生着一小团火。我们发现远处的地板上有一系列符号和图腾，摆成一圈。吉姆盘腿坐在地上，我们也照着他的样子做。他身边有一袋新鲜的烟草，侧面割开一个口子，还有一系列小布片，摆成十字形。“这是一种烟草祈祷捆扎仪式，”他指着布片解释说，“每一种颜色代表一个不同的方向：黑色代表西方，红色代表北方，黄色代表东方，白色代表南方。”

每一种方向又有不同的情绪内涵，他解释说。他把一块布放在掌心，熟练地捏起一撮烟草，放在中间，然后将四角卷起，拧成一个小包。“当你把烟草握在指间时，试着把精力集中在上面一会儿。仪式的主旨是将意愿注入其中。”他在小包顶端缠上线，拉紧。“选一个你有感觉的颜色，把烟草放在里面。”

我觉得我肯定会把烟草末弄一地。我用一双颤抖的手，在东方和西方之间，拽过来一块紫色的布——吉姆说，这是伟大的未知的国度，生与死的巨大的奥秘——用拇指和食指夹起一小撮毛茸茸的烟草。我使劲盯着它：格丽塔，我想与你所在的地方和平相处。我想着这句话，并努力想象这个想法从我手指上的油渗进烟草里。我轻轻地把烟草按进包里，然后打了个结。有点歪，还好保持住了。我的祈祷完整无缺。

我们仨默默地折叠、捆扎了一会儿。每个人做了四五个小包，都系在一根长绳上，然后，我们停下来，比了比。

“黄色是给我们的儿子的。”斯泰西说着，举起她那根绳子，上面有红包、黄包、黑包和白包。“他给我的感觉是一种新的、并不复杂的能量，由于某种原因……非常热切、非常开放，而且快乐。这是一个给他准备好的意愿，也准备好接受他的能量。”

仪式结束了，吉姆起身要走，这时，他忽然想起了什么，他走到角落里，掀开毯子，露出裹在里面的那只鸽子一动不动的尸体。接着，他掏出一把小折刀，弹开，把刀尖放在那只鸟的翅膀和躯干之间的关节上。他犹豫了一下，抬头看着我们，“这是不是太奇怪了？”

我哑然失笑。“我真的不知道，吉姆。在这儿，什么能称得上‘太奇怪了’？”

他也笑了，发出那种隆隆的吸烟者的声音。“说得好。”

他动手割了起来。软骨动来动去，吉姆只得把关节拉紧。手术做得并不优雅：刀子太钝，他用力的样子看得我龇牙咧嘴。但没过一会儿，吉姆就给我们一人拿了一只割下的翅膀，翅尖还闪着粉色的光。“你们大概得用盐把它腌起来。”他建议道。

我和斯泰西一人拿着一只血淋淋的翅膀，走出小教堂。几朵积云在空中移动，三维的感觉惊人地清晰。我们拿着我们的祈祷包，最后一天，我们会烧掉它，把我们的希望、恐惧和意愿送到天上去。吉姆用铁锹挖了一个小洞，我们远远地站在一旁。他把没有翅膀的鸽子放进洞里，在上面撒了些烟草，然后在胸前做了个类似画十字的动作，向北方、南方、西方和东方祷告。“感谢你，伟大的灵，给我们派来这个信使。”他庄重地拉着长音说，“祝你旅途平安。”

他站起身，拍了拍膝盖上的土，看着我们，突然，吉姆又变回了心理治疗师，不再有萨满巫师的样子了。

“好了，就这样。”他说。他歪起头，“如果你们觉得这种仪式有帮助，还想做点别的，告诉基尔斯滕就行。我很乐意回来。如果不是，我希望你们能从这次经历中获得疗愈。”

说完，他转身走回房子。我们独自沉思，那只被埋葬的鸟在我们脚下。

斯泰西打破沉默，“我希望他回来。”

第二天上午，一个叫汉娜的身体疗愈师来看我们。我先做，她准备按摩台时，我把鸽子的事讲给她听。

“这件事既黑暗，又滑稽，让我想起了格丽塔。”我说，“她有一种低俗闹剧式的幽默感，她喜欢我们慌张的样子。她肯定会哈哈大笑。一只鸽子撞在窗户上，把我们吓个半死——我觉得这是她会发出来的那种信号。”

“一定是。”汉娜一边揉捏我的肩膀，一边小声说。接着，她把一只手放在我胸前，她微微退缩了一下，好像它是个热火炉。她微微吸了口气，耳语道，“她在这儿。”

她惊奇地笑了，手心变得柔软。我的悲伤被抽出来了，像一根破裂的总水管。

“哦，杰森，对不起，”她说，“我知道你听了会很难过，但你永远不会真的孤单。她就在这儿，在你的身体里。太不寻常了。就在这儿。”她的手指绕着我的右锁骨和胸骨画了个圈，“她以前在这儿吗？”

“她一出生就在。”我小声说。

汉娜走后，我们在院子里漫步，我们感觉我们很容易受暗示和影响。鸽子、小教堂、孤独——不知道怎么回事，我们的心里开了一道缝，无论吉姆会把我们带到哪里，我们都已经准备好了。我们漫步到后面的围栏，爱抚几头住在那里的两岁大、眼睛水汪汪的驴。我们在小教堂做瑜伽。我们等待吉姆回来。

那天下午晚些时候，他又回到房子时，只带了一面鼓。

“我将带领你们踏上一段心灵之旅。”他宣布，他坐下来，把那面鼓夹在双膝间，手指绕着鼓面画了一条线。“我也说不好你们会遇到什么，但我可以告诉你们一些人经历的事。你们可能会接触到一种灵兽。你们会看到其他幻象。一些幻象可能很恐怖，或者很逼真，但你们要记住有一点很重要，那就是不要怕。有的时候，那只灵兽会令你们不知所措。它甚至会走过来触碰你们。关键是不要退缩，因为，无论它想做什么，对你们来说都是疗愈。它们可能貌似凶暴，但你们的灵兽完全不想伤害你们。如果它们过来碰你们，拥抱它们都是安全的。它们正在为你们提供疗愈，这是他们给你们带来的药。”

“还要记住一点，一路上，你们可能会被意识心智绊倒。”他说，“这也是此次心灵之旅的一部分。当你们深入内心时，每走一步，你们的意识心智都想把你们从精神世界里拽出来。你们会因此变得烦躁不安，对自己的身体重新生起更多觉知，或者有移动双腿的冲动，或者想起周围的房间。这都是正常的，发生这种情况时，你最好承认它，随它去。你可以继续向内心深处走。”

斯泰西躺在沙发上，我选择了地板，天窗正下方。我闭上眼时，阳光把我眼皮后面的风景变成了白色。吉姆开始敲鼓，有节奏，从容不迫，以雨点落在排水沟里的节奏。光在我的眼皮后面扩宽、加深，突然，光流变成了一个转瞬即逝的形状：一只蝴蝶。我看到翅膀了，清清楚楚，它们在那里扑扇。薄得几乎透明，光穿过它们的羽片。果然，我的意识心智怀疑地打了个嗝儿，它不相信，蝴蝶消失了，房间、地板、我的胳膊和腿再次成为焦点，但吉姆的鼓声仍在继续，随着我的呼吸放缓，那只蝴蝶又出现了。它在我头顶上振翅，环绕，落在我胸口上。如果蝴蝶能挑起一条眉毛，它对我就是这么做的。好吧，来吧，它似乎在说，它嬉笑着，充满期待。

它从我胸前飞起，我的目光跟随着它，注视它的翅膀在慢慢展开时慢慢弯曲。突然，它们不再是蝴蝶的翅膀了。它们是天使的翅膀，宽阔、强壮，朝两个方向延展数英里。风吹在我脸上，我向下看，看见我的双手抓着老鹰宽阔的肩胛骨。我们在绵延数英里的森林上方高飞，下面的树木一晃而过。老鹰俯冲，森林地面在我眼前抬起。我从老鹰背上轻盈地滚下，落在一片阔野上。我躺在那里，陷入身下的土地，草叶弄痒我的手指，擦过我的耳朵，我抬头凝望蓝天。

格丽塔走过来。她穿着白色的牛仔夹克，意外发生前一天，她和苏珊外婆去公园的时候穿的就是这件衣服。嗨，爸爸，她无声地说。嘿，宝贝女儿，我说。听到她的召唤，我站起身，跟着她来到林边，那里的树木更茂密。老鹰再次出现，我爬上它的肩膀。由于某种原因，没有它的帮助，我就无法跟随格丽塔（那个小白点）在林间穿行。

格丽塔在一个巨大的土坑前停下脚步，老鹰在那里放慢速度。我和她一起站在坑边，朝里面看。坑底散发出潮湿肥沃的气味，暗示着未知的东西。我只能看到下面十英尺的地方，我从坑边后退。我害怕。可是，格丽塔看着我，皱着鼻子，对我露出那种滑稽的笑，她走开，顺着坑沿向下爬。我别无选择，只能跟着她向下爬，爬进地球的最中心。越往下走越冷，我几乎看不见她的夹克了，她在前面急匆匆地走。

我们在坑底见面了，地面看不见了。这下面的尘土会呼吸。格丽塔跪在地上，用她的两只小手捧起肥沃的、有生命的土给我看，土顺着她的指缝漏下：看见了吗？看见了吗？她意味深长地看着我，我明白了：等我回到地面上，格丽塔将无处不在。她的爱和存在将包裹住我。她将是花朵、蜜蜂、天空、根茎、尘土、青蛙、水。我也是。突然，我们又站在坑边，接着，又突然回到旷野中炫目的光线下。格丽塔用某种方法把我们带出了那个坑，回到地面上。老鹰落在高处的一根树枝上，用令人生畏的眼神盯着我。此刻，格丽塔在原野边，小小的她快活地朝我摆手，再见，爸爸，她对我说，她自信、安详，她知道我懂。

我确实懂。我感觉理解在我的血管里流动，带着这个信息流到身体的每一个角落。等我死了，我会再次陷入土地中。我再次躺在原野上，等待它发生。老鹰出现在我上方，巨大，但我不怕。我把脸仰起来，对着它的嘴。它啄出我的眼球，丢在草地上。它撕开我的脸，把血肉和筋腱喷溅得到处都是。谢谢你，谢谢你，谢谢你，我对它耳语。我感觉自己被撕碎了，但不痛，当空气在我外露的身体上急速流动时，我只感到宽慰。

终于，它把爪子伸进我的胸膛，抓住我的心脏。我的身体开始僵硬、绷紧，予以回击。我看着那个器官从我的胸腔升起，老鹰一边往外扯，一边向上拍打翅膀。但我不愿放弃：我的心仍通过坚硬伸展的筋腱连在我身上，筋腱厚得像背包的肩带。随着一声感激的叹息，我屈服了。筋腱“啪”的一声断了，我跳动的心被摘走了。老鹰用爪子抓着那个血淋淋的东西，飞起，在原野远端将它抛下，我的心砰然落地。我自由了。我的胸腔枯萎了，植物在我发黑的胸腔里开花，我慢慢地变成了泥土。我变成了格丽塔，格丽塔变成了我。我们俩是掬在世界手心里的土壤。

就在这时，吉姆的鼓声改变了节奏，发出该离开这里的信号。保护我的老鹰那双锐利的黄眼睛盯着我，传递这样的信息：“记住我。”吉姆的鼓声停了。

“你们现在可以睁开眼睛了。”吉姆轻声说。

我的眼睛睁开了。哦，我的格丽塔，我的爱，我的生命。

我终于明白了。

SIX >>> HARRISON

六 / 哈里森

我吱呀一声推开前门，左右看了一下街区。此时是早上八点，街上空空荡荡：没有牵着的狗嗅树，也没有邻居取信。我把纸箱拖到路边，动静弄得很大。除了每隔十来分钟隆隆开过一辆公交车，这条街几乎一直都这么安静——没有原来住的地方嘀嘀按喇叭的小货车，到处飘飞的垃圾和玻璃碴。我喜欢我们的新街区，但心中仍有苦涩的滋味。每看一处，总有格丽塔从未见过的东西——她从没摸过的墙壁，她从没坐过的阴凉下的秋千，她永远上不了的好学校。你会爱上这儿的，格丽塔，我告诉她。

我神不知鬼不觉地回到里面，随手关门时，叹了口气。我的心狂跳不止，太阳穴上挂着汗珠，尽管过几个小时，天才会热起来。我们已经搬进来八个月了，但我依然惧怕我的新邻居——他们八卦的笑容，他们与生俱来的人类的好奇心。他们对格丽塔一无所知，我能感觉到他们的想法——我们貌似要有第一个孩子了，我们可能是新婚夫妇。我同样害怕强化这种印象，或者更糟糕的是，修正这种印象。结果，我对他们敬而远之，最终和他们握手时，我一边微笑，一边对抗恐惧：请不要问太多问题。

我发现斯泰西醒了，正在厨房忙活，穿着紫内裤、黑背心。两件衣服分开，露出一块孕妇肚，硬如甜瓜。我从她身边走过时，亲了她一下，绕过装了一半、敞开的手提箱，我们去医院用的“应急包”里装着牙膏、几件T恤衫和一袋腰果。我走进卧室，拉开衣橱门找干净衬衫时，想着在清单上再加两样东西——除臭剂和手机充电器。

我这么做时，用真空压缩袋装着的格丽塔的婴儿服闪着光，吸引了我的注意力，我的眼睛失焦了。她的衣服是一块压缩得紧紧的立方形的回忆，她的新生儿睡衣、她的无檐帽，还有所有她的镶褶边的粉色婴儿服，脱下来之前，我们都给她拍过照。正常情况下，我们会把这些衣服送给家里有新生儿的人。可是现在，这些小衣服是粉笔轮廓，擦掉它，意味着放弃更多她存在过的证据。

现在是八月中旬，夏末像一张发霉的床单粘在我们身上。这样的天气、邻居，加上斯泰西过几天就要分娩了，我们很少外出。我们的生活兜兜转转，慢慢停下来，大部分时间，我们坐在家里，看电视，尽量不思考。

我们又开始整理这些密封的袋子，把它们像小警示旗那样，放在房间各处。斯泰西挑出几件男女通用的衣服，拿到客厅，她坐在那里，喝着咖啡。有几条色彩柔和的紫色和绿色的裤子，几件黄色的衬衫。散落的婴儿服旁边放着婴儿爬行垫，上面挂着毛绒玩具和闪光的玩具。对面墙上，我们的一个朋友给我们画的格丽塔的肖像画亲切地低头凝视着我们和玩具。你想让我们把这些东西都送给你的小弟弟吗，我的宝贝女儿？我无声地问她。

“我做了一个梦，我在照顾一条狗，突然，那条狗变成了一个小孩。”斯泰西打破沉默，在我身边喃喃道，这时我才注意到她不安的表情。“我把它抱起来，它是条狗，我把它放下，它是格丽塔，后来又变成了哈里森。他旁边有一锅沸水。我简直是活在这个世上最不负责任的母亲。”

我想出来的话在我自己听来都是无意义的：她的梦直接与我们所有最深的恐惧对话。

那是星期二。我们的儿子三天后就要出生了。如果他遵守姐姐的日程表，在预产期那天落生，这个周末，我们就能把他抱在怀里了。

当他抬头看我们时，他看到的会是谁？

斯泰西用左手碰了一下我的膝盖。“你该洗个澡，去上班了。”她轻声说。

斯泰西在金柳也看到了幻象。她和我一样，独自站在原野上。迎接她的不是一只蝴蝶，而是一头从密林边走出来的牡鹿。格丽塔站在它身边，一只小手抬起，轻轻搭在它身侧。

他们仨——斯泰西、格丽塔和那头鹿——穿过林子，走向一片空地，和我的幻象中的情景差不多，只是斯泰西的幻象里没有其他动物。那里只有一泓清池，水波不兴。格丽塔招手让她到水边来，示意她留意：那里，蓝色、舒适、安全，我们的儿子漂浮在水面上。

斯泰西扫视林边，寻找另一个征兆、另一个迹象，或访客，但格丽塔不断温柔地将她的注意力拉回到漂浮在池塘上的婴儿。斯泰西无声地问她打算干什么，希望她给出指令。格丽塔只是把一根手指放在唇边，意味深长地看着斯泰西的眼睛：嘘——她说。她又指了一下池水。然后，她就离开了。

从金柳开车回来的路上，我们反复思考幻象所给予的东西。我的心好像病了，我冒了个险，我的疾病——我的愤怒、我的怨恨、我的自怜——扩散了，老鹰把我的疾病从我的身体里扯出来，掏出我的一个又一个内脏。那个在我心中呐喊的曾经的杰森，那个相信善意的世界、被落下来砸中格丽塔的砖头砸伤，但没有砸死的人，终于可以完全消失了。当老鹰撕碎我的脸时，我感觉这是最终的毁灭，而我对自己下不了这个手。我早就想死了，现在，我终于死了。

至于斯泰西，她认为那个幻象是关于存在的，关于宁静和镇定。“这么长时间以来，我们一直只照顾我们自己，”她说，“我又要做母亲了，这意味着，我要准备好付出一切。格丽塔是在告诉我怎样做一个母亲。”

格丽塔死后，我和斯泰西被要求只为彼此生活。共同经历了令人丧失判断力的痛苦，我们走得更近了。我们对彼此更温柔了，也更有耐心了。现在，在再次怀孕的晚期，我敏锐地觉察到我们浑身瘀伤——我意识到我们伤得有多深，意识到再次挤压所有这些伤痕有多难。

至少，照顾孩子是持续地练习自我忽视：你摇晃婴儿，直到汗流浃背。你把孩子吃剩的东西从盘子里捡出去。你在卧室的地板上睡着，你趴在婴儿床旁的地上，祈祷你的孩子不要坐起来，再次尖叫。最后两个星期，我试着想象再次为另外一个人活着是什么感觉——孩子爬到你身上，冲你喊叫，把你当家具，认为你是永恒的，一动不动，就像太阳，或者天空。我渴望这种感觉回归，又害怕它会带来的东西。

格丽塔出生前，我用没完没了的世界末日的情景折磨自己——疲惫，笨拙，我旋转着摔倒，在黑暗中，把她掉在地上。或者我给她做午饭时，蹒跚学步的她把什么东西弄洒了。我转过身，冲她喊叫。我看着她意识到恐惧时睁大眼睛：“连爸爸都能伤害我。”

结果事实要复杂得多。我从没把格丽塔掉在地上，也从没对她大喊大叫过。那些日子，没有经验的我们是在迷迷糊糊的状态中跌跌撞撞走过来的。她凌晨四点半就醒，天天如此，失眠无情地啃噬着我们的头脑。精疲力竭和无法胜任的迹象随处可见，羞辱着我们：她穿错的衣服，冬天手上套着袜子，因为我们没法让她保持戴手套。我们匆忙结束工作，按时赶到日托所接她，到的时候，脸红扑扑的，气喘吁吁。一天，我从地铁上跑下来，脚下一绊，摔倒在我的手提袋上，感觉我的 iPad 屏幕在身下咔嚓一声碎了。

我到家时，斯泰西正在搅动从商店买来的番茄酱，炉子和地板上全是红道道。“我给弄到地上了，不过，挽救得还算及时。”她告诉我，显然，她又要歇斯底里了。“烧开了就没事了。”我走过去，朝锅里看了一眼。她用手把番茄酱从我们老鼠出没的厨房地板上拢到一块儿，放锅里了。我亲了她一下，建议叫外卖。

一回想起来，我们就会嘲笑这些时刻。但我们正在变成我们自己易怒的外壳。格丽塔十八个月大时，斯泰西上完一天班，晚上开始接待哺乳客户。“妈咪要去和婴儿聊天了。”我们告诉她。斯泰西悄悄溜出去时，难过、内疚、心碎，格丽塔边哭边跺脚。我把格丽塔哄睡着后，脑子里一片空白，还要硬着头皮写东西。我们累瘫在床上，几乎不碰对方。

意外发生前那个星期，事情已经到达沸点。维系我们婚姻的那根绳子磨损了：我们变得小气、易怒、急躁。

“这将是一个美好的周末。”我向斯泰西保证，“我们出去吃饭。睡个懒觉。我们需要重新开始。”

斯泰西把头埋在我肩上，她比我矮一英尺，我抱她时，她的头顶刚好碰到我下巴，我把她完全揽在怀里。“哎呀，我们需要休息一下。”她对我喃喃道。我感觉她整个人瘫在我怀里。

“这个周末，你要在苏斯外婆家过夜。”那个星期，我每天都提醒格丽塔。她已经开始明白日子一天天过去了，我们一起倒计时。我发现她知道该怎么期待了。

那个星期六的上午，我留斯泰西和格丽塔在家。我被安排轮班（一个月一次），去我们当地的食品合作社上班，那是布鲁克林一个古怪的机构，脏皮士社会主义者们，跟我和斯泰西这样单纯喜欢农产品的人混在一起。那天上午，我的工作是做引导员：我站在一个脚凳上，示意购物者去收银台。这样度过周六上午很荒唐，还好只有几个小时。斯泰西开车送格丽塔去上西区，把她放在苏珊家，然后我们见面，看场电影。这是我们重启的周末的开端。

离下班还有四十五分钟，手机在我的口袋里嗡嗡响。是斯泰西，我接起电话，听到她的尖叫声。

“马拉松！”她对着我的耳朵大喊。我听见她“砰砰”拍方向盘，还隐约听到格丽塔在后座上哭。“布鲁克林马拉松，路全封了。我不出去了。我都绕了四十多分钟了，离家还有一英里。”

我听出她又要发作，我也一肚子怒气和沮丧。

“对不起，”她抱怨道，“我现在不知道怎么办，明白吗？我不知道。我没有任何备选方案。我不知道怎么把格丽塔送到我妈那儿去，我也不知道怎么从这里出去。”

我也没有任何备选方案，可是，你没听见我叫你，惊慌地对你喊叫吧？你有什么权力这样对我？我扼杀了这个想法，小心翼翼地说，“斯泰西，镇静。你这么生气，我什么都帮不了你。拜托，回家去吧，下车。如果索尔和艾米在家，你就带格丽塔去找雅各布玩。我这边的事一完，就去买东西，然后去接你。我们一起带格丽塔坐地铁去。然后，我们去看电影。然后，我们过我们的周末，好不好？”

斯泰西颤抖着吸了口气，我从电话这头都能感觉到。“好的。对不起。我不是故意发脾气的。好的。”

我走回岗位上，面颊如火烧，感觉浑身哆嗦，情绪快要爆炸了。

每次我们吵架都这样：斯泰西大发脾气，遇到一点麻烦就反应过度，我也会大发脾气，对她反应过度。我们都会失态，吵架逐步升级时，我们都觉得自己愚蠢，吵完架又都站不住脚。“小事也是大事。”她对我强调，我同意她的说法，直到她发火发到我应付不了，或者我难堪到突然开始斥责她。这时，我们就不再是斯泰西和杰森了。我们只是两个相隔千里的疲惫的成年人，在相互的失败中怒火中烧。

下班时，我有一股危险的冲动，想像检察官似的质问她，也冲她发火。还记得你说过这个吗？或者那个？因为我记得。

当我们终于再次见面时，我发现她和我一样愤怒。

“你去哪儿了？”她问，“一个小时前我们就该走了。格丽塔困得一塌糊涂，犯了半个小时的困了。在雅各布家就撑不住了，简直是噩梦。”

我没准备担责任，她的怒气冲了我一趔趄。我嘟囔了一句，为自己辩护，我们俩鬼鬼祟祟地朝地铁站走，斯泰西推着格丽塔，座位向后靠。我们斗嘴时，格丽塔经常冲我们发脾气，但此刻她在沉思，抬头微笑，她那种心照不宣的笑。

“我知道，宝宝，”我说着，摩挲了几下她的头发，“妈妈和爸爸生气了。我们没事。”

地铁来晚了，车厢里挤满了佩戴号码布的马拉松运动员。我们使劲挤进去，夹在人群中间站着，不说话。去往曼哈顿的路程才走到一半，车突然停了，喇叭里没通知，没动静。“哦，老天，怎么停了？”斯泰西大声问。我感觉旁边有两双陌生人的眼睛唰地看向我们。

格丽塔扭动身子，斯泰西伸手把她从婴儿车里抱出来。有人让了个座，格丽塔坐在她母亲腿上，她又高兴起来了，含情脉脉地看着面带微笑的乘客。地铁动了。我们决定一下地铁就分头行动，这样我就可以送格丽塔去苏珊家，斯泰西去办点杂事。她亲了一下格丽塔。她看着我。“会好起来的。爱你。”

离苏珊家还有一个街区时，格丽塔开始在婴儿车里高兴地摇晃：这条街、这种光、这个气味，意味着苏斯外婆就在附近。看到她的喜悦，我的厌烦感减少了，我全速推着她向前走。

还记得我们说再见时的情景吗，宝贝女儿？我把你交给苏珊，你扭动着身子，从婴儿车里出来，慢步走向客厅。你把一小盒彩虹色的回形针倒在地毯上，坐下来，又把它们一个一个放回盒子里。苏珊的狗玛吉在吠叫。苏斯外婆给你炒鸡蛋吃。

“我们在这儿都挺好的，孩子她爸。”苏珊说，“祝你度过一个愉快的夜晚。这是你应得的。代我向斯泰西问好。”当时我感觉一块肌肉放松了。我把你交给别人照顾了。

我叫你过来抱抱我，亲我一下。你溜达过来，我把你拉近，闻了闻你，感觉你的小手轻拍我的后背。你香了我一口，转身走了。我站起身，看了最后一眼，无声地向苏斯外婆道别，她给了我一个飞吻。我最后说了一声再见。你头也没抬，我关门时，你把手举过头顶摇动着。

我们没赶上看电影，吃晚饭又太早，于是我们在一家酒吧会合。那时我们都感觉到，我们最不耐烦、最恶劣的自我正在消失。斯泰西看着我，她的目光充满感情，恳求着我，我立刻感觉羞愧不已。

“对不起。”我喃喃道。有东西在我心里翻腾踢打，某种不肯安定下来的小小的反抗。我蜷起脚趾，不均匀地吸了口气，又说了一遍。“对不起。”

“我也对不起。”斯泰西说，“我反应过度了，我知道。我就是太累了。所有人都说头两年是最难的。不过……也许我们终于快出隧道了，你知道吗？”

她伸出手，急迫地把我的一只手握在她的手里。

“我们有很多要感谢的东西，”她恳求道，“我们相爱。我们有格丽塔。她那么聪明。我能感觉到她一天比一天懂得多。你也能感觉到吧？我们带她去水族馆的时候，感觉就像我们在分享经历。鱼、海狮——回家的路上，她一直聊这个。接下来的一年，她会长大很多。我只是……这对我们来说将是很好的一年。”

第二天早上，我们一直睡到九点。我们躺在床上看格丽塔的照片。苏珊把她们早上的情况发短信告诉我们：格丽塔要一杯属于自己的咖啡，苏珊把一茶匙咖啡倒进一杯牛奶里，她举起杯子，津津有味地喝起来。稍后，她告诉我们，她们要去附近散步。我们可以悠闲地度过周末。斯泰西和我伸了个懒腰，阳光从窗户照进来，暖暖的，奢侈的。

我们坐下来喝咖啡，尽情享受这份宁静。我们弄出两大袋脏衣服，放在一边，有空再洗。

“我们还可以去看那部电影。”我说，“接格丽塔回来之前最后的放纵。”

我们慢悠悠地穿好衣服。溜达到电梯旁，简直不敢相信我们的运气这么好。

“我真的很想她。”斯泰西坦承。

我抓住她的手。“是啊，我也是。想她也挺好的，不是吗？我们很快就会见到她了。感谢上帝有苏斯外婆。”

“不知道她们现在怎么样，”斯泰西说。她掏出手机，犹豫了一下。“哈。”

“怎么了？”

“哦，刚才她来过电话，我没接着。奇怪。”

“奇怪。只打了个电话，没短信？”

“没短信。”

“嗯。蹊跷。不知道她有什么事。”

我掏出手机。我抬头看斯泰西。

我这儿也有一个未接电话，她打来的。

那天过去一年零三个月，哈里森预计到来的前两天，我轮流跟我的孩子们说话。此刻他们似乎在同一个地方——一个死了，一个尚未出生——这让我在世上的生活变得越发脆弱。我们就在这儿呢，爸爸，我总是听到这样的话，但无论我走到哪儿，都找不到他们。这里也没有我的孩子，我绕过每一个转角，心里想着：

真对不住你，我的宝贝女儿，我告诉她。你的爸爸妈妈只是需要一个周末。要不是我们不知所措，你还会在这里。

你不知道，如果我答应把你留在这儿，我会有多累。爸爸要付出一切，给予一切，忍受一切——妈妈和我会崩溃，不知所措，用牙齿把彼此撕成碎片。再来一次吧。

我能告诉你一个秘密吗，宝贝女儿？我嫉妒你。你不受时间约束。我能感觉到时间对我身体的影响，好痛。时间把我绷得紧紧的，就像鼓皮绷在鼓面上。过去的每一分钟，每一小时，每一天，每一个月，我觉知到这一切在我身前身后累积。这就像对我的心隐隐施加暴力。

当我和你在那片原野上的时候，我能感觉到你有多自由，我们在一起时，整片森林上升下落。我看着整座山脉拔地而起。我们是一体的，一对褪色的化石手挽手嵌在岩石里。当老鹰拿走我的心时，我一下子摆脱了时间。

永恒听起来令人欣慰。感谢你教会我永恒是存在的。

哈里森，坦白地说，我仍感觉你是不真实的，是个梦，我还没从那个梦中醒来。但我有信心，我们一定会找到彼此。从你的姐姐出现在我面前那一刻起，从公园的树后面跳出来，我就一直想去你们引领我去的地方。你姐姐给我的教导使我心中充满敬畏。我已经准备好了，去接受你给我的教导。

预产期那天，我和斯泰西正吃晚饭，两个人都只穿着内衣和T恤。由于某种原因，我发现那个时刻来临前，我采取了她的着装标准。吃完饭，我们出去散步，这是晚间的惯例。

今夜，天上挂着满月，我们希望它能对哈里森施加影响。

大部分孕期，他头朝下，但三个星期前，斯泰西说着说着话，突然睁大眼睛，疼得直抽气，因为他突然侧过身，向上爬，坐了起来，他的脚乱踢斯泰西的膀胱，头在她的胸腔里。

正如任何面对不可知的事物时可怜无助的现代公民，我们谷歌了“如何纠正臀位”，并尽职尽责地举行那些仪式。我面向斯泰西的肚脐，给他哼歌，希望诱使他向下游。斯泰西在客厅靠墙作头手倒立。我看着她的额头青筋暴起。

有些建议太神秘了，近乎巫术：我在网上订了那种卷成很大一捆的臭臭的、怪怪的药草。读完一本入门书，看了一个 YouTube 视频后，我点燃一捆，拿到她的小脚趾前，犹犹豫豫含含糊糊地画圈。“如果有哪个网站让我给一只动物开膛破肚，现在我们的地毯上就会摊着内脏。”我跟她开玩笑。到头来，我们跌跌撞撞、懵懵懂懂地做回父母的路上，是不是没有什么是我们接受不了的？

一个星期前，他转了半个身子，这算是对我们的回报了，现在他顽皮地斜着身，位于六点到三点钟方向之间。那天晚上，躺在床上，我把头放在她的肚子上，感觉他击鼓似的疯狂踢腿。即使当他的四肢砰砰打到我的头部，我的某个部分仍不相信他真的存在。我见过他的轮廓，他的头，他的臀部。但现在他似乎是个东西，不是人，是斯泰西动物性的一部分。

他的胳膊，他的脸，他跳动的心脏——单单想到它们，就像从一个可疑的来源得来的断断续续的报告。最好等到我们掌握全部事实，我心里有个声音郑重地说。他的脚离我几英寸，但当我闭上眼时，我只看到广阔的、拍打的水，光滑、幽暗。

两天过去了。斯泰西一直有轻微的宫缩，但越来越弱。丹尼和伊丽莎白的女儿克拉拉等得都快发脾气了。

“这里有很多和哈里森有关的活动，”伊丽莎白调侃地报告，“我们给哈里森写卡片，给哈里森读书，给他画像。我们一直在给他做蛋糕，都被克拉拉吃个精光。”

我们去他们家附近一家比萨店吃饭。克拉拉点了“克拉拉比萨”，其实就是玛格丽特比萨[1]上加了点个性化的装饰，好像克拉拉是唯一享受这种特权的客人。克拉拉拿起一小块比萨，跳下椅子，又把手放在斯泰西的肚子上。“他在那儿干吗？”她气呼呼地问。

“每天早上，她一下床就喊，‘哈里森出生了吗？’”丹尼报告，“我告诉她没有，她就肩膀一耷拉，噘着嘴走开了。”

克拉拉瞪着斯泰西，表情突然严厉起来，“他快出来的时候立刻告诉我。”她命令道。

1 意大利经典比萨，馅料为番茄酱、新鲜马苏里拉奶酪、罗勒叶和橄榄油。

斯泰西笑着抱住克拉拉。克拉拉把手放在斯泰西浑圆的肚子上，眼睛睁得大大的，“我感觉到他了！我感觉到他了！”她尖叫道。她转向丹尼和伊丽莎白：“妈咪，他刚才踢我的手了！”

克拉拉再次抬起头，脸色突然变得很严肃。“尽管格丽塔死了，她还是哈里森的姐姐，对不对？”

克拉拉经常和格丽塔说话，为她留出位置。她才五岁，但我们和她谈论格丽塔的死时比对大部分成年人还要坦率，其中也包括我的心理治疗师。她的悲伤是明澈的，有一种令人神清气爽的东西，就像山间的溪水，没有恐惧、愤怒或内疚这些污染物。

意外发生几个月后，我们去看望丹尼和伊丽莎白，克拉拉取出一个文件夹。“我在学校给格丽塔写的纸条全在这儿。”她告诉我们。她拿出一张紫色的硬纸，上面贴着一张大狗图案的剪纸。“格丽塔，我希望你在阴间，而不是在这个世界上玩得开心。”她读着一张听写时用那种教师工整的圆体字写成的纸条，“P.S. 你怎么那么喜欢狗？”

我们跟丹尼和伊丽莎白商定什么时候把哈里森的事告诉克拉拉。我们等到斯泰西大约怀孕二十周的时候。我们请他们过来吃饭，就在我们宣布消息之前，我突然紧张起来，我都不知道该什么时候告诉我的家人。

“现在斯泰西的肚子里有个小孩。”伊丽莎白说，克拉拉吸了一口气，开始在我们的小公寓的卧室和客厅之间来回跑。

“这是我生命中最美好的一天！”她宣称。

几分钟后，她坐下来，用马克笔给我们画了一张全家福：两个模糊的长方形，挓挲着两条细长的胳膊，这是我和斯泰西，哈里森和格丽塔是两团潦草的墨迹。“你肯定特别可爱。”她写道。她把这张画留在我们家，我们把它贴在冰箱上，我们的孩子们的两张B超图下面，他们侧面相对，几乎一模一样。

斯泰西怀孕四十一周了。现在的气温是华氏九十三度，哈里森似乎很高兴待在她的肚子里。斯泰西做了生物识别扫描，医生让我们放心，一切都好——他的心率，她的羊水液平面，他练习呼吸的情况。胎盘给他提供了充足的营养。“接下来就要生产了！”领我们出去时，她愉快地说。

我父母来看我们了，他们原本是来见哈里森的，却发现与两个苦恼的成年人做伴。我们试着暗示我的父母离开——目前我们处于地狱边缘，最不愿意做的事就是招待客人——但我母亲以她一贯愉快的果断碾压了我们的抗议。我母亲的爱是很多话不说，但凡事必做那种。

“如果你不希望我在这儿，我很遗憾，杰。”后来，在一个平静的时刻，她对我说，“我听见你们跟我说的话了。我只是……为了你们，我必须在这儿。我感觉无能为力。但愿我们能帮上忙。”

我没有回答，而是拉住她的手，我感觉到了曾经的亲近，或者近似的、悲伤的轮廓。“你必须剪断那根脐带，妈妈。”约翰过去经常尖酸地这么对她说。于是我们这样做了。谢天谢地——不然当我的第一个孩子死去时，她得变成什么样？她一定也会悲痛欲绝。取而代之的这种没完没了、絮絮叨叨、礼貌的孤独：这是我们要付出的小小的代价吧？

其实，我父母确实帮了忙，他们让我们分了心，这是可喜的。我母亲和我们一起走路去练瑜伽，在瑜伽馆门口，我们碰到了斯泰西最喜欢的一个老师。

“还怀着呢？”米歇尔同情地笑了笑，不相信地问，“哦，朋友们，他还真不着急哈？”

“他真的很喜欢那里。”斯泰西可怜巴巴地说。

“哦，你们还做爱吗？”米歇尔问，“你们应该坚持下去啊！”说到这儿，令我诧异的是，她用拳头做了个猛推的动作。

我妈妈笑了。“我还想问他们呢。不过，你懂的。”

“我们一直在做。”我面无表情地说，“谢谢你，米歇尔。这是我妈妈，顺便说一句。”

“跟孩子说话，他准备好的时候，告诉他，你也准备好了。”那天晚些时候，我们的导乐建议道。三十一号，预产期十二天后，她要去外地，看样子，我们怀疑斯泰西生孩子时她可能来不了了。“可以查查资料，也许有的事该做还没做，这样你们就都可以松口气，感觉准备得更充分了。你们跟谁吵架了吗？脑子里是不是还在酝酿什么计划？你们有没有惧怕，或者怨恨什么人，需要宣泄出来？”

听到这儿，我和斯泰西犹豫了。

我们已经和格丽塔的鬼魂达成了某种和解。斯泰西把鸽子翅膀从金柳带回家后，把它做成了一根祈祷棒，安在一根鹿骨上，并装饰了水晶——格丽塔的生辰石假钻石和死亡石祖母绿。我们把它放在客厅的一个架子上，和她的照片放在一起，时刻提醒自己为了寻找她所走过的领域。

与此同时，格丽塔的骨灰还在卧室的衣橱里，装在殡仪馆给我们的那个带拉链的红色帆布袋里。她的骨灰饱含深意，但我们不清楚该怎么处理它，也不清楚它带给我们怎样的感受。我们拿回骨灰那晚，斯泰西朝袋子里面看了一眼，顿时啜泣起来，我则木然地站在门口。我从没看过她的骨灰。

伊丽莎白的母亲，一个雕塑家，给我们亲手做了一只骨灰罐，一个漂亮的奶油色的罐子，盖子上立着一只鸽子，这是她的专长，鸽子是一种城市动物，就像斯泰西的麻雀。这只罐子美丽无瑕，但我们发现无法将其用于它原本设计出来的目的，不知怎么地，我们已经习惯了那个角落里的袋子，那是我们都不愿面对，也不愿舍弃的最后一点关于她的念想。

我们已经从阴间出来了，却发现要再次面对一个充满尸体——肉、筋、血——的世界。尸体穿过其他尸体，破碎的尸体，被照顾的尸体，被烧掉和埋葬的身体。

我们忽然想起来，关于格丽塔的死，这是最后一件未完成的事。哈里森到来之前，她需要一个安息所。

那晚，我们面对骨灰。我们盛装打扮，毕竟这是一场仪式，我们都想正式地和她告别。我放上轻柔的音乐，又关了。感觉不对。我们在客厅桌前，面对面站着，打扮成晚上要出去约会的样子。接着，我们拿来那个袋子。拉开拉链，像敲破墓穴。袋子里装着关于格丽塔的死仅剩的秘密。某个部分的我震惊地发现了那只毛绒玩具狗和医院的平纹棉布毯。我拿起那条毯子，小心翼翼地放在一边，我感觉上边有几个棕色的血点，不看也知道有。

这里有一个透明塑料袋，密封的。底部因重量鼓起。我不想用颤抖的双手拿着这个袋子，在角上撕开一个口子，或者把里面不规则的东西倒出来。斯泰西冷静自如，用一把厨房剪“嚓”地剪掉边缘，将里面的内容暴露在空气中。

我在她的骨灰罐上放了一个便宜的塑料漏斗，我准备好了。几个月前，我为此在一家厨房用品商店花几美元买了这个漏斗。我还问了服务台的女人漏斗放哪儿了。斯泰西把袋子倒过来，骨灰一缕一缕流出。我看着小的骨头碎片掉下来。有的碎片稍大，卡住了。我晃了晃漏斗。我们不得不扭过头去，以免吸入太多的她。我们还给母亲们留了一些骨灰，她们也有空罐子，然后把袋子的拉链拉上。斯泰西拿起变得更沉的骨灰罐，放在桌上，试验了一下。

放不稳。晃动得很轻微，几乎察觉不到。歪着。斯泰西的脸红了，默默流泪终于变成了放声痛哭。对她而言，并不是骨灰的存在这个事实使她失控。这个事实糟糕可怕，大到无法衡量。面对未知事物，有安慰，有神秘，甚至有意义。然而，骨灰罐稍有不稳则令人痛心，痛彻心扉，它再次提醒我们，这个可怜的世界本身不够好。

尽管如此，她还是把它搁到架子上了。她把它小心翼翼地放在葬礼上格丽塔那张照片旁边，鸽子的翅膀后面。我们站了一会儿。然而，一放到架子上，骨灰罐就稳当了，又好看起来了。我看着斯泰西的脸，不知怎么地，她既满面通红，又面无血色。就这样，我们作为夫妻，又共同做了一件发自肺腑的可怕的事。这是我们对格丽塔的身体所尽的最后的父母之责。

我们大哭，我们在沙发上啜泣。我用愤怒、无助、攥紧的拳头抱住头。然后，我们收拾了一下，洗了把脸，注视着镜中的自己。我们眼角有泪痕，除此之外，看上去没什么变化。悼念我们女儿的行为一直在继续，经久不息。我们已经把长女的尸体抱在怀里了，我们所能忍受的东西已经没有任何限制了。

终于开始时——一个星期四的午夜，哈里森的预产期十二天后——我们并不兴奋。没有微妙的压力，没有慢慢睁大的眼睛。我们没有握紧手，一起深呼吸。终于开始时，她先喝了一口混合了橙汁的蓖麻油。喝油的建议是助产士不情愿地提出来的，她提醒我们："亲爱的，星期五，我们会以各种方式诱导胎儿。所以，如果你什么都想尝试一下的话……"

第一口喝下去，斯泰西平安无事。我紧张地看着她，她把纯果乐晃出泡沫，接着倒出一大汤勺，咕嘟嘟喝下去，看着就恶心。她像小孩一样捏着鼻子，我等待着。

"不是很难喝，"过了一会儿，她说，"我们先等一个小时。如果没有什么不适，我再把剩下的喝了。"

我们耳语，我们喊叫，我们面对一轮满月，躺在地上，我们跳舞，跪下，祈祷，又不祈祷，我们醒着，我们睡着。现在，我们看电视，等待肠子里面翻腾。我用眼角的余光偷偷瞥了斯泰西一眼。

"什么感觉都没有。"最后她说，所以她搅动剩下的饮料时，我按了"暂停"。

半个小时后，斯泰西还没开始宫缩。我们只能听天由命了：蓖麻油什么用都没有，明天人工引导。这次斯泰西不会自然分娩了。我们不打算在医院的接生中心产子，在那里我可以和他们俩躺在床上过夜。不同的孩子，不同的妊娠。可能要剖宫产。也许我们要花一大笔钱，住那种私人病房。我们告诉彼此，这么做更合理。就像关于这个过程的其他一切，我们已经被解除了控制权。无论如何，明天哈里森就会和我们在一起了。

“我肯定生了副钢铁肚肠。”斯泰西断言。

“我想说，我并不吃惊，挺奇怪，”我说，“我们四处碰壁，凭什么这事就应该顺利？好了，宝贝儿子，就定在明天吧。反正他们会把你——”

“啊！！！”斯泰西突然大叫起来。她皱着眉头，瞪着我。她站起来，同时弯着腰，一只手搭在沙发上。她又叫起来，为了强调，声音是刚才的两倍。“啊！！！！！！”她摇摇晃晃，猫着腰朝浴室走，走到半道，她停下，腰弯得更深了，像爆裂的轮胎，喷出一口气。我问她什么感觉，她把一只手伸到脑后，使劲打了我一下：别出声，别说话，现在别。她消失在门后。

我看着门关上，又听见她呻吟，声音越发低沉。我在门外无助地等了几分钟，听她呼吸。“啊！！！”她说。我没准备好。哦，我的老天，我们就是没准备好。为什么等到最后了，我们还是没有准备好？生命变成了模糊的内脏。我只感觉血液流过肌肉网，听见它在耳朵里砰砰响。

几分钟后，斯泰西躺在床上，时间似乎倒流了。上次她这样大叫的时候，我们不是已经在医院里了吗？我隐约回想起生格丽塔时微妙的进展，持续几个小时耐心的准备，每隔一刻钟宫缩一次，这个时间间隔比较舒服。

这次截然不同。这次不顺、混乱、疯狂。斯泰西像要溺死了似的。宫缩间隙，她几乎睁不开眼睛。我们必须去医院。这个信息从我理性的大脑传递到波涛汹涌的下脑，再次浮到表面前差点儿消失。我们必须去医院。

我们的导乐玛丽安突然出现在我们身边，显然是我把她叫来的。我听见她跟我说话。她正在告诉我，一辆优步专车在外面等着。我站在卧室门口，盯着我们塞得鼓鼓囊囊的应急包。斯泰西还在尖叫。“我怎么喘不上气来了？”在两次剧痛的宫缩之间微小而仁慈的间隙，她可怜地恳求着。

我坐在前面，车在动，我听见自己和优步司机开玩笑，说什么他会拿到比他开的价更多的钱。玛丽安的语气欢快随和，好像我们都是孩子，约了小朋友一起玩，正在赶往约会地点的路上。斯泰西趴在后座上，玛丽安旁边，摇晃，呻吟。她不能跟我说话，我就像一只撞在窗户上的小虫子，晕头转向，茫然不解。我的手伸到后面，摸着她身体的某个部位，出隧道时，我的手指摩挲她的肋部。她独自支撑。我独自思索。我们又变成了动物，在这个针孔般微小的时刻，我们仿佛从未相识，好像忘了这个世界可以盛下另一个人。

出了隧道，进入下曼哈顿，一切开始加速，似乎自带韵律——我们做过这件事，开车去医院，尖叫，急迫。突然，我又靠近那个被撕开的地方了，注视着那道帘子在我们的世界和格丽塔的世界之间飘动。这里的一切和我印象中一模一样——她出生第二天树上的春叶，她死的那个星期，同样的树叶吸引了我的目光。即使我坐在这辆优步车的副驾上，我的胳膊和脸颊仍能感觉到那种空气。这么说，你们俩在这里。

车在急诊室门口停下。我们仨，斯泰西、导乐玛丽安和我，向门口蹒跚而去，像一只生了病的六条腿生物，背包左右摇晃。护士们围住斯泰西，把她扶到轮椅上坐下。我跟在后头，双腿像灌了混凝土，她的声音无比遥远。我给伊丽莎白发了条冷静、清晰、理性（这与事实不符）的短信，“斯泰西快生了，我蒙了。”

将这条信息发送到宇宙后，我感觉我的麻木感在一定程度上减轻了。我发现我们在接生中心的房间里。丽塔正在监测哈里森的心跳，斯泰西趴在床上。出于肌肉记忆，她宫缩时，我用手掌用力按她的后腰。现实重新组合，每次几个碎片。自从她开始分娩，时间还不到两个小时。斯泰西两次宫缩的时间间隔不到一分钟，这种情况持续了至少四十五分钟。

“你最后一次吃东西是什么时候，亲爱的？”丽塔问，胎心监护仪仍握在手中，按在斯泰西身上。这是一个令人警觉的问题，我寻找她的眼睛，结果发现在监护仪的屏幕上窥探不到。斯泰西正常的声音立刻再次从身体里发出，清晰，且为焦虑困扰。“大约四个小时前吧？怎么了？”

丽塔没有回答，她只是单膝跪地，改变胎心仪的位置。“不——用担心。”她心不在焉地喃喃道，按得更用力了，目光也更专注了。

“丽塔？”斯泰西抬起头，突然忘了自己要分娩。她在恳求，“丽塔，为什么……？”

“他在这儿呢！”丽塔得意地说，“我们只需要让他动起来。他的心率滞后了。”她抬头看我，笑着说，“他刚才睡着了。刚醒过来，这个小淘气。感谢你加入我们，哈里森！”

我和斯泰西弱弱地笑了一下，就在这时，宫缩又向她袭来，她的声音低了整整一个八度。丽塔和玛丽安扶她去浴室，我跟着。“哈利”，我深情地想，听到这个昵称，我很惊讶，我还以为我会讨厌这个名字呢。“人们会叫他哈利”，这是我反对“哈里森”这个名字的主要原因，但现在我发现这个昵称轻轻松松、自然而然地浮现在我的脑海里。昏昏欲睡的哈利王子。这些事都没太打动你，是不是？

有人拧开了大浴缸的水龙头，四十五分钟才能完全充满。与此同时，我和斯泰西挤在淋浴下。她双腿发抖，光脚站在瓷砖上。与此同时，她的身体像她正努力要生下的婴儿一般湿润、赤裸、脆弱。宫缩再次将她吞没，所以我们不能说话。相反，我把花洒对着她的下背部。但我感觉我们仨在一起——我们四个，格丽塔就像呼在我脖子上的一口气。我守卫，她则消失在帘子里面的裂流下。里面某处，一只小手会抓住她的手，把她带回我身边。我爱你，我想着她，想着一会儿要对她说的话，我爱你。你重新浮出水面时，我就在这里。

宫缩模糊成一声长长的气喘吁吁的哀号。斯泰西正在被向后拖，我又感觉要失去她了。所有人都在那后面：我儿子、我女儿、我妻子。我忽然感到一阵恐慌，我可能找不到他们，或者无法加入他们，最终那道帘子会把我关在外面。

“我需要躺在床上！”斯泰西喊道，她的声音穿透灰色的房间。我们马上行动起来，抬起，协商，劝诱。她爬上床，本能地趴着，然后才摇着头，同样本能地转过身躺下。我感觉空气在颤动，就像格丽塔出生时那样。我像当时那样，头紧挨着斯泰西的肩，她抓着我的头发。我闭上眼睛。这时，格丽塔临终时床上纱布的气味向我飘来。我看见格丽塔了，她破碎的颅骨钉着钢钉，额头冒着含盐的汗水。她睁开眼，对我眨眼。*没事的，爸爸*，她小声说，*没事的*。哈里森下落，斯泰西用力，我们仨都消失在裂流后面，一个人紧抓住另一个。

在这里面，我的心结消失了。格丽塔死后，我心中充满怨恨，此刻，怨恨也归于沉寂了。我感觉内心艰难棘手的一切分裂都消失了，像某种东西溶解在溶液中。我朝各个方向都能看出去几光年那么远。我抬起头，惊讶地看到，另一个我在老家附近的街上徘徊。那大概是意外发生后八天吧？五天？还是三天？我不知道，但那是我最后一次感觉如此接近生死边缘。回忆的画面在我眼前播放，保持合适的距离，我着迷地看着自己，寻思着这个场景是不是一直在这里循环播放，直到我过来看它。

“真对不起你，我的宝贝女儿，”我抽泣着说，“我要在这里待很久。这意味着——这意味着，我要忘记你一点点，我的宝贝女儿。只有这样，我才能留在这里。我要对你稍稍放开手了。”两个我的距离拉近了，我回到那天，人行道在我脚下，大树间刮起风。我仰起脸，面向树枝和它们安静的狂野中透出的荣光。“不过，就一会儿，我保证。”我揩干满脸的泪水，“你就待在这儿，用不了多久。”

丽塔的声音传进我耳朵里，树枝放开我，随着这个场景淡去而消失。“对，就这样，你做得很棒，妈妈，你做得很棒。你有一个漂亮的孩子马上就要出生了。把那个压力推开。让他出来。”随着每次用力，斯泰西变得沉默，加倍用力，松劲，倒吸气，然后再次完全绷紧。她又伸手够我，我紧紧地靠在她身上，我们的额头挨在一起，嘴唇离得很近。我闻到她的口气，充满我的鼻孔和嘴，热，有点水果味。我想起格丽塔呱呱坠地后，从我们身下团起并扔掉的那堆带血的床单。我记得他们把她抱到冰凉的金属称上称重时，散落在她腿上的胎粪的污迹。我和斯泰西正冲下一条沾满液体的滑道。我们紧挨着，两个人变成了一只合成动物，滑啊滑。我们又一头扎入困境中，我的爱。我想。

“再用一下力，斯泰西，我想你知道怎么做。”丽塔说，就在这时，斯泰西的尖叫充满我的耳朵，我听见丽塔和玛丽安又笑又叫。突然，我们仨都触底了，那道帘子在我们身后飘动，斯泰西紧抱着他，一个白肥皂泡似的男孩，胳膊腿齐全，还有一根灰色的大脐带。巨大的他完全遮住斯泰西的胸部，他粗鲁，扭动，有活力，头发蓬乱，闭着眼睛，我侧躺着流泪，他微微睁开眼，看着我。

他注视着我：表情平静，有点困惑。那一刻，他眼中有某种流动梦幻的东西，他沉默无语。斯泰西看不见我们。那一刻，他仍旧属于虚无，整个是从永恒偷运来的，那两秒钟内，我感觉自己正看着意识如液体般充满他的眼睛。在那永恒寂静的一刻，他做出了决定——一声叫喊从他浸满水的肺部努力上升，汩汩涌出，他的脸红了。斯泰西把他紧紧抱在胸前，流下了眼泪。我在这儿。

我蹲下身，手拿剪子，剪断脐带时，他叫得更响了，血溅在医院的床单上。我看着他的脸，他的各种感官醒过来，从各个角度涌入——炫目的光进入他的眼睛，刺耳、无遮盖的声音刺入他的耳朵。他的尖叫冲破体内的液体时，血涌上他的脸，把它变成绯红色。我凑过去，闻他身上初生的味道，吻他的头顶。他的声音在我的头骨里回响，我充满柔情地轻声为他哼唱，我的脸离他只有几英寸。

给哈里森找到一首新歌仿佛是一个神学问题，超出人类的能力范围。《酒吧之间》不行——要略带悲伤，但仍充满希望。真实的东西。斯泰西怀孕初期，我尝试过《太阳出来了》（*Here Comes the Sun*）。（“小宝贝，这是一个漫长孤独的寒冬。”）当我们等待迟来的他时，我给他唱《再见了，黄砖路》（*Goodbye Yellow Brick Road*）。（“你何时下来？你何时落地？”）

最后我选中了约翰·普莱恩的《我们身不由己》（*In Spite of Ourselves*），我和斯泰西都很喜欢这个乡村歌手。这是普莱恩和爱芮丝·戴蒙的一首对唱歌曲，录这首歌前一年，普莱恩被查出患了喉癌。他的声音扭曲、沙哑，不太悦耳，她的声音则听起来像某个人呆头呆脑的姨妈。“我们身不由己 / 我们终将坐在彩虹上，”他们合唱道，“排除万难 / 亲爱的，我们中了门票对号大奖。”最后一句歌词是那种从严格意义上来讲无法信守的诺言，与其说是诺言，更像是祈祷词，“只有最初的雄心 / 在我们眼中舞动。”

当我哆哆嗦嗦唱完这首歌时，哈里森的尖叫减弱成呜咽。导乐把医院的毯子盖在他身上，他富有贵族气质的修长的手指从边缘露出，向边带伸展，缓缓地在斯泰西的乳房上攥成一个拳头。她的乳峰碰到他因在子宫里待得太久而吸满液体的胖胖的脸蛋，他噘起的嘴唇变成一个不由自主的吻。

我抱起特别结实强壮的哈里森，直接放在胸前，以前放他姐姐的地方。这个时刻自带可识别的彗星的尾迹，但他不是鬼魂。他随着我的胸口起伏。我不无震惊地意识到，我完整了。我的心脏被人从胸腔里掏出，放在人行道上，闪着光，然而，不知何故，它仍在我的身体里跳动。

重返赛场，我听到脑子里有个我没听过的声音说话：一个体育解说员嘲讽的声音，他解说过一千场比赛，但从没见过类似的情形。

丽塔告诉我们，他有脐带绕颈和脐带真结。“绕颈就是脐带缠在他的脖子上。这个嘛——”她伸出手，拿起那根橡胶似的、浅灰色、湿乎乎，蛇一般缠住斯泰西大腿的脐带——“真结就是这样。”

我凝视着那个形似法国号，和我的手掌差不多大，六英寸长的东西。它抻得够紧，这样管子就不会绞缠，它盘成一圈，再给点压力就会闭合。

“很多时候，如果这些结抻得太紧，孩子就活不了了。”她意味深长地看着我，“所以说，这是个奇迹宝宝。我希望你们能明白。”

后来，很久以后，我再看哈里森出生时的录像时会注意到，就在他露头时，丽塔戴着手套的食指谨慎地塞到他的脖子和那根勒住他的脐带中间，用了些力气才把它解开。又一根把他拉回沉睡的绳子，在最后一刻松开了。

把他带回家那几天，如梦似幻，床单、尿布、睡衣、奶油和药膏，乱作一团——斯泰西照料她的伤口，我们照料彼此，几乎不穿衣服。一举一动的边缘都萦绕着些许不和谐，做什么都有似曾相识的感觉——我们不是做过这个吗？——但在其他方面，我们再次成为幸福喜悦的新晋父母。

我们整天注视他起伏的胸腔，等待他睁开眼，注意到我们：我已经忘了新生儿有多长时间是在无意识中度过的了。有的时候，我们当中的一个微微起身，多看他呼吸几下，但只看一会儿。

他醒着的时候，平静、镇定。让他面朝下趴在垫子上，他可以练习抬头，我们第一次这么做时，他只是躺在那里，头转向一侧，那双蒙眬的眼睛盯着远处。我把他抱在胸前，我的身体慢慢记住他的气味，他除了比他姐姐头发多、身子热，其余的东西太像了。我感觉他柔软的重量缓缓充满我的前胸，我的双臂承受着压力。

夜里，他醒着，很安静。小黑眼睛睁着，像停放的车子的前灯。我确信他在听她说话。

“靠你姐姐近些，哈里森，”我轻声说，“你什么时候都没现在离她近。”

哈里森出生后，我感觉格丽塔无处不在。她乘着从树上飘落的花瓣来到我眼前，我看着花瓣缓缓飘下，这些小花瓣提醒我时光流逝。她从他的眼中凝望我，他们俩眼下都有细纹——同样的基因，稍有不同的混合物，命运的平行分支上不同的时间线。

我在最世俗的活动中看到同步性。在食品杂货店排队等候时，我看着摆放尿布的货架，短暂回想起我不再买尿布的那些日子，因为我的孩子死了。我记得当时看着这个货架上的尿布的感觉。我想起看着它们和再次需要它们的感觉，我胸口发紧，吸了几大口气，以免在排队等待结账时啜泣。

每当感受到这种真实赤裸的悲伤，我都会吃惊，就像翻开一块石头，发现新鲜潮湿的泥土。就在这时，我意识到，或者回想起，我内心里有数百个这样的点。孩子会死。我亲身领会到了。这种认识已经固定在我的脑子里了。只要闭上眼睛，向内窥视，我就会发现新铺的马路、交通警示锥和封住的出口，门上贴了封条，避免污染。

哈里森两周大时，呛奶了，无法恢复呼吸。他的背弓着，眼睛惊恐地鼓着，嘴角起沫。我们不停拍打他的后背，世界在摇晃，我看见死神跳起来，扯他的袖子。过了一会儿，他恢复了呼吸。我紧紧抱着他，身体吓得麻木了。一个声音在我脑子里小声说，“你仍有可能失去一切。”这个声音永远是对的。

哈里森三周大时，眼睛变成了一种惊人的氯蓝色。他学会支撑他沉甸甸的脑袋了，他又长了好几丛金发，比格丽塔一岁时还多。他的头发从后脑勺的两个头旋儿向上冒，形成一个弧形的小喷泉。我记得他出生后，一个护士指着他的头旋儿说，这意味着他很聪明。我还记得葬礼后，最后那段时间照看格丽塔的一个保姆告诉我们，她左眼到鼻梁的那条青筋意味着，我们下一个孩子是男孩。

一个月大时，他开始出声了，咧着嘴对吊扇笑，发出“欸咕”“锅克”这样的动静，紧接着，他开始咿咿呀呀发表一串评论。他的笑容更傻了，苏珊开玩笑说，他像个“罗宋汤带”喜剧演员[1]。“我不知道你为什么绝不叫他哈利。”她温柔地说。

现在苏珊住的地方离我们一英里远。斗争持续了几个月后，她卖掉了上西区的公寓，搬到了布鲁克林。“我知道你们再也不会去那儿看我了，”她对我们承认，“我也不想让你们回去。现在我可以成为哈利的生活的一部分了。”

一开始，她沿着我们生活的边缘走，犹豫不决，满怀爱意。当她把刚出生的哈里森抱在怀里时，我感觉到他在她心中的分量。她恐惧地弯着腰，但面带笑容，对他充满怜爱，这是一个靠努力和纯粹的意志发出的信号。

格丽塔四岁生日时，我们不再一遍遍重复她的故事。她离开的时间，像傍晚拉长的影子，开始遮蔽她在世的时间，重温破旧的记忆像筛鹅卵石。相反，我们邀请她加入我们，

1 Borscht Belt comedian，在美国卡茨基尔山区犹太人避暑胜地的剧场和夜总会中表演的喜剧演员。

来到当下。哈里森八个月大了，和我们一起坐在公园的地上，格丽塔喜欢指给我们看的鸭子们旁边。我指着在附近叼取木屑的一只小鸟。“你看见那只小鸟了吗？”我问他，“有时候你姐姐会把它们轰跑。”

我们给他讲她的事，语气轻松随意。我们想让他了解她，但还没想好如何表达，所以当她的灵魂来到我们身边时，我们就会提到她，并做一个小小的祈祷，但愿我们做得对。你姐姐也爱吃香蕉。你也有你姐姐那种屎尿屁幽默感。在睡觉方面你姐姐真叫人头疼。当他摸一棵树时，我让他向她问好，他的表情变得柔和起来。

苏珊和我们在一起，还有杰克和莱斯利。我们都说真是个好天气。哈里森满足地坐在杰克腿上，杰克一只手搂着他，另一只手拿着一罐苏打水。他已经有好几个月不喝酒了。

“四岁生日快乐，格丽塔·格林。”我旁边的斯泰西说。她有了新工作，在格丽塔出生的医院。她这天请了假。这是一个小小的机缘巧合，一种与她保持联系的邀请。斯泰西的病人都不知道她在这里给自己的孩子，一个已经不在世的孩子哺过乳。

格丽塔离开两年后，我们不得不想办法与她联系。曾经如潮水一般的悲伤缩小成我们意识某处滴水的龙头。为了哀悼她，有时我们需要确定日期。我们找到关于生离死别的戏剧和电影，在剧院里默默地流泪。这种想要记住的需要苦乐参半。第一年，她死那年，空虚感强烈到令人难以忍受，我们经常把她找出来。而现在，哈里森不断变化的生活如一首震耳欲聋的歌，将我们充满。照顾他一直使我们形容憔悴、焦头烂额、心存感激，没工夫进一步做任何事。

哈里森的成长像小河涨水，察觉不到，却速度惊人。我们喜爱他的种种细节，喜欢他和格丽塔的不同之处。他比他姐姐热情，没她那么激烈，也不太容易心烦。他心里不设防，在表达亲昵方面更慷慨。格丽塔吃相优雅，把酸奶用勺子直接喂进她嘴里，一滴都不会漏出来。他吃起东西来却像个穴居人，高脚椅上蹭得到处都是绿色的东西，嘴里塞满鹰嘴豆泥和鳄梨沙拉时还打嗝似的咯咯笑，食物喷一桌子。

听音乐时，他极其兴奋，而她只对音乐有一丁点兴趣。当我们给他放用明亮的嗓音唱出的欢快的曲调时——比如说，披头士乐队，或者哈利·尼尔森（Harry Nilsson）——他会蹲坐起来，心醉神迷地蹦跳扭动。

他精力充沛、快乐，最重要的是，知足。我们出去，他咧着嘴对我们笑，好像我们刚从哪儿下夜班回来，而且兜里有零花钱。他似乎向来喜欢生活中简单的东西，他总是立刻就能明白一个事实：我们应该尽量待在一起。

在他的守护下，我能感觉到一种，坦白来讲，荒唐的确信在内心里滋长。我们——我和我妻子，还有这个在我们眼前长大的孩子，以及那个我们再也见不到的孩子——都会好好的。这是一种天真的想法，一种错觉，我的身体与之对抗。这个想法在我的脑海中清晰地闪过，过一会儿，我就退缩了。不，那个更深沉的声音小声说。

仿佛为了回应这个声音，现存所有的病似乎都让哈里森得上了。他八个月大时，我们把他从婴儿床里抱出来，他出汗、痛苦地扭动、发烧。他的体温是华氏105度[1]，没有其他症状。我给儿科医生打电话时，我们把他放进浴缸，看着他打哆嗦。吃了药，他的烧退了，医生让我们第二天上午过去一趟。

“就是一种病毒。”她告诉我们，“很讨厌的一种病毒，不过现在到处都是。相信我，我见过很多次。家长们很不安，但会过去的。”

发烧到第九天时，她让我们去验血。我想，当然，肯定会这样。这才是开始。他的白细胞计数高得可疑——结论不明。我们又把车开上罗斯福快速道，无情且无言地把他带到那个急诊室——威尔·康奈尔医学院的急诊室。我们把车停在同一个停车场，穿过同一扇玻璃门。哈里森坐在我腿上，对每一个人摆手、微笑、咿呀说话。看见我第一次看到格丽塔的尸体的那个房间外面，斯泰西曾瘫在上面的橙红色的塑料椅，我的内心苦恼不安。

1　约40.6摄氏度。——编者注

“你们来过这儿吗？”一个负责分诊的有文身的女人头也没抬地问我们。

“你们的儿子耳部感染了。”一个医生检查了他三分钟后说，“我觉得他很健康，也很快乐。”

“咕——锅克。”哈里森愉快地回答。我们向她道了谢，把他抱出去，手里拿着一张抗生素处方，我们把我们的儿子固定在车座上，开车带他回家，急诊室在我们身后退去。我几乎忘了这个地方的存在，这座我女儿再也没有离开过的建筑。我们把另一个孩子送进来了，我们再次离开，完好无损。我震惊、错愕，心里无比感激。

哈里森九个月大时，从椅子上掉下来了。他大哭了一分钟，好像还摇晃了几秒钟，然后就好了。我等了几天，几个星期，恐惧地期待从来没有出现过的脑损伤的迹象。

一个月后，他哭着醒来，谁也哄不好。他哭闹了好几个小时，连给他喂奶都无法让他平静下来。“肯定出了大问题！”斯泰西在黑夜里悲叹。我们胆战心惊。死神抓住我们的脚踝，地狱之门重又敞开，渴望将我们所有人吞噬。

第二天上午，我又给他约了个号：柯萨基病毒，也就是手足口病。又是格丽塔没得过的病。没几天，他就痊愈了。

后来我们才想起来，这些可怕的事给我们带来了什么：恐惧。正常、平凡，当爹妈的人每天都会有的恐惧，格丽塔从没给过我们的恐惧。格丽塔从没从高处摔下来过，从没骨折过。哈里森用每一次意外、每一场疾病教会我们：有时候，孩子会活下来。

我们把这一路的颠簸跟新朋友、新父母们分享，他们只大致知道我们女儿的事，只是我们遭遇的某个不幸。我们和他们玩起了初为人父母的旋转木马游戏，我们尽量保持温柔、惊奇，面对每一次成长都会睁大眼睛：每次婴儿发脾气，他们新长出来的牙，他们成长的怪癖。我们俩在这方面既是新手，又不是新手，我们格外小心地穿过由“发现”和“似曾相识”构成的双重震惊。

随着时间流逝，格丽塔的玩具开始散发它们的个人意义。哈里森开始抱着黛西，那个曾在医院陪伴格丽塔的毛绒玩具狗到处走。我们的旧高背椅上撒满了格丽塔的食物碎屑。看来只有擦掉这些食物碎屑，让他坐进去才是实际的。我们把她用过的杯子和碗都给了他，但最高那层架子上某处还留着一个杯子，一只从日托所拿回来的鸭嘴杯，上面贴着写着她名字的胶条。她的粉色滑板车还放在壁橱后部，等哈里森长大了再玩。格丽塔从没玩过。

苏珊一心扑在他身上。“我的哈利好吗？”我把他带到她家时，她大声说，他的身子扭来扭去，试图摆脱婴儿车的带子，他恳求的双手向上伸，迫切想被苏珊抱在怀里。“我的天才宝宝来了。”苏珊说着，把他抱起来，他把头放在她肩上。

“他是个天才。”她对我强调，同时意味深长地盯着我。

“那天我问他想睡哪个枕头，这个，还是那个。他说，‘那个。’清楚极了。”

“不可思议。”我微微笑了一下说。到目前为止，哈里森已经说了很多词，但似乎只有苏斯外婆能听见。

苏珊的新公寓楼高大、通风良好、没什么特色，三楼有个巨大的综合办公空间。哈里森喜欢在那儿的沙发上玩。他喜欢把她的老花镜扔在地上，然后哈哈大笑。有个游戏室里全是玩具，不停播放流行音乐，因为这栋楼的入住率只有一半，那个空间几乎只属于他们。他拿起她的贵重物品，扔在角落里，她跟在后头捡。“我很愿意做哈利的奴隶。”当我问她是不是受不了他时，她宣称。

但他们俩几乎从不出门。想到出门，苏珊就受不了。一天，她在外面独自散步，瞥见空中有个东西——一个影子在动，大概是一只鸟。有那么半秒钟，她想象一个外物从天上坠落。她的新门房不明白她从外面跌跌撞撞回来时为什么抽泣。接下来的一天半，她躺在床上，被突然重现的往事淹没。

我们的生活中这支令人不安的曲子仍在以这种方式播放，其中混杂着忧虑和爱、恐惧和福气。我们一直想知道接受格丽塔的器官的家庭怎么样了。那个接受她心脏的男孩有五岁了吧？那两个分享她的肾脏的男人怎么样了，那个得到她的肝脏的女孩生活得如何？离开医院后，我们第一次联系LiveOnNY，想了解一下接受者的命运。

其中一个接受一只肾脏的成年男子已经不做后续治疗了。他们没有关于他的健康状况的最新资料。“哦，这让我感觉不太好。”斯泰西说。我做了个痛苦的表情。我们都没把心里那种可怕的感觉说出来——我们把我们的女儿的一部分身体给了你。你至少应该照顾好它——因为这对我们来说太丑陋、太神经了。但我们都知道对方是这么想的。

接受格丽塔心脏的男孩没能活下来。移植手术一年后，他死了，他在医院住了一年。听到这个消息时，斯泰西的眼神变得灰暗。几个月来，我头一次一边走路，一边寻找无人的角落，怒气直冲到嗓子眼。在我们那个街区的尽头，我对着码头附近的空海运集装箱大声咆哮。又是一个令人愤怒的提示：她的身体不再由我们拯救，不再由我们保护了。

发泄这种令人丧失判断力的愤怒偶尔仍令我不知所措。这种情况发生时，我通常在公共场所，肺都气炸了，仍面带微笑。我正在学习接受它们，忍受这种没完没了的缓解和转移的循环。我可以永远愤怒下去。我一再对自己这样说。我可以永远困惑下去。我有一个孩子死了，我选择再次成为一名父亲。对于愚蠢或勇敢，疯狂或明晰，傲慢或优雅，没有比这更伟大的定义。在我坚强的时候，我只是向这种困惑屈服，并允许它将我包裹。

在我平静的时候，我发现自己又回到了我在金柳幻想到的那片开阔地。我既埋在地下，又站在地上，仰望着广大辽阔的天空。星星在这里无限伸展，像史前生物一般在高处若隐若现。我盯着它们的时间越久，就越能听到我两个孩子的声音。他们站在我身边——哈里森在我左边，格丽塔在我右边。我们一起仰望星空。在这个高贵的地方，他们都听得见我的声音，我能对他们说我需要说的话。

哈里森，我的宝贝儿子。我们必须学会平衡一件很棘手的事——你、我、你母亲和你姐姐。我不知道怎么教你。你必须学会了解你姐姐，你还要学会与她的缺席和平共处。我们还在这里，我们必须学会接受自己脆弱的生命。

哈里森，世界想把你的注意力从这些问题上转移开，而不是让你关注这些问题。它把你像一块石头一样扔入海底。我们必须学会在上面和下面可见的一切中间漂浮。爸爸也在学习。我希望你接受这种内在的认识。也许我会在一边观察，偷偷跟你学。

当他们把你交到我们手中时，我担心我们会伤害你。我仍在疗伤，但我心里留了一个死角。我不知道：你是不是也看到那个死角了？你怕它吗？

我慢慢明白，你会看到我努力隐藏、不想让你看到的一切，而你并不害怕。你的眼睛比我的更明亮，你的心比我的更坚强。我怀疑你会比我更理解你在我身上看到的东西。

自从你出生后，哈里森，我一直能看到一个幻象。你妈妈和我在这片巨大的原野上，蹲在一棵树的树根旁。我把手指放在柔韧、潮湿的苔藓上。我用手心压着它，你妈妈用她的手盖住我的手。我们的手一起下陷，我们一起躺在泥里。我看见一位老者朝我们走来。他蓝色的眼睛里微微含着泪，眼角有仁慈的皱纹。他的皮肤斑斑点点，头发有点发黄。他站在我们眼前，有点悲伤，但心满意足，俯视着我们。他的眼睛长得和你的一模一样，我的宝贝儿子。感谢你，感谢你让我们先来到这里。

格丽塔，我的宝贝女儿：你在这附近吗？我想，我感觉到你时，感觉到的是你的同理心：你相信所有人都应该得到安宁，也需要安宁，你是第一个回应，帮助带来这种安宁的。我非常钦佩你这一点，格丽塔——你有一个美丽的灵魂，你的灵魂里有所有人的位置。

在我们再次找到彼此之前，我还有很长时间，格丽塔，我确信大部分时间，我会极其想念你。但有一点我知道，我想让你感谢它：我知道你并不挣扎。我能感觉到你与你自己，你与我们共度的时光和平相处。我能感觉到，你看到一个开口，你走进来，引领我们一路前行。当我把双手插进泥土里时，我听见你咯咯笑，对我耳语。

陪在哈里森身边，好吗？他生活里有很多东西，只有你能教会他。他需要你。我知道你已经是个很老的幽灵了，但请你陪在我身边。我也需要你，无论去哪儿，我都会寻找你。

哈里森，她就住在我心里的这个地方。你也看见她了吗？靠近些。我希望我们一起走出这片原野，不过，先等一下。

你们看见天了吗？你们感觉到凉爽的空气了吗？太棒了，是不是？

准备好了吗？

抓住我的手，孩子们。

好了，我们走吧。

鸣谢

即使在我们的至暗时刻，也有多到数不清的人在关怀我和斯泰西。在此我就不一一点名感谢了，但你们为我们做出的每一个善意的举动，哪怕再小，也是支撑我们前进的动力。

我要向我的经纪人安娜·斯普鲁尔·拉蒂默表达深深的谢意，感谢她坚定的信念，感谢她通过这些书页与格丽塔建立的个人联结。感谢霍华德·尹和盖尔·罗斯在本书的最初阶段为它勾勒了轮廓。感谢克诺夫出版社的所有人，尤其是我的编辑乔丹·帕夫林，他十分体贴、仁慈、小心地对待我和这份材料。为此，我感激不尽。

我的“干草叉”家族在我最脆弱的时候关心我，给了我生活的目标。特别感谢马克·理查森、瑞安·施赖伯和克里斯·卡斯基给我留出了悲伤的空间。在“干草叉”和其他地方曾给予我建议、鼓励、支持、陪伴和友情的有：斯泰西·安德森、瑞安·东巴尔、科尔班·戈布尔、琳赛·胡德、杰西卡·霍珀、乔·凯斯、克莱尔·洛班菲尔德、凯文·洛扎诺、吉尔·马普斯、奎恩·莫兰德、普亚·帕特尔、詹·佩利、阿曼达·佩特鲁西、艾米·菲利普斯、马修·施尼珀、布兰登·斯托苏、琳赛·佐拉兹和夏洛特·佐勒。

感谢我们的迪特马斯家长社区，格丽塔的朋友和她爱的人们，感谢他们给我们送来热乎的饭菜，为我们提供庇护，和我们一同哭泣，而且从没退缩过。特别感谢詹娜和布洛克，感谢杰夫和萨姆、阿曼达和亚伦、詹和列夫。感谢格丽塔曾深爱过的米歇尔圣克莱尔日托所的每一个人。在你们的照料下，她曾无限茁壮地成长。

感谢上西区社区给予苏珊的关爱和支持。

感谢丽兹和安娜，她们是我们只缺名分的姐妹，感谢她们帮助我们渡过难关，感谢她们在极度悲痛中仍不知疲倦地为悼念格丽塔奔劳。感谢安德鲁和安迪，他们轮流安慰他们和我们。感谢赫兰·安德森的灵性指导。

感谢丹尼和伊丽莎白——我们的朋友、我们的家人，以及我们永远的第一急救者。感谢维姬·戈尔德为格丽塔手做的漂亮的骨灰盒；感谢克拉拉对格丽塔的怀念，感谢她对哈里森的关爱；感谢凯特琳·赫德为格丽塔画了一幅美丽的肖像。感谢克里斯和兰迪为辗转迁徙的我们提供了一个临时的家。

感谢尼尔斯·伯恩斯坦召集数百人为格丽塔在展望公园种下一棵有她名字的树捐款，感谢所有捐款者。一万九千多美元捐给了威尔康奈尔医学中心的儿童重症监护室，我们感谢所有帮助实现这一想法的人。特别感谢本和乔治亚以我们的名字创立了 GoFundMe，感谢所有为此付出的人。

感谢威廉·洛图科和凯特·麦克最先鼓励我走上这条路，感谢南希·罗林森至关重要的反馈。感谢玛丽斯·克莱兹曼早早就信任我，并总能为我抽出时间。

感谢大卫·凯斯勒及其团队在时间与精神上的慷慨付出。感谢金柳静修处的每一个人，感谢汤姆·哈特和利拉·科曼带给我们的启发。

感谢我们所有的瑜伽老师——玛莎、咪咪、米歇尔、丽兹，还有“第三根”（Third Root）的每一个人。

感谢给予我们安慰和鼓舞的所有如我们一样悲伤的父母。尤其要感谢乔和比尔，还有他们可爱的儿子杰克带给我们的美好回忆。

感谢我们的家人。感谢约翰、梅丽莎、尼克和安娜；感谢我母亲，她告诉我应该考虑写一本书。感谢我父亲，他让我懂得了何为无私奉献。感谢苏珊、杰克和莱斯利，他们把他们的故事托付给我，并给予了无条件的爱。感谢黛安娜，她在校对文稿时目光敏锐。

但最重要的是，我要谢谢你，斯泰西。你看着这本书从无到有，并确保它的真实。这也是你的故事，你把它交由我来讲，我很荣幸。言语永远无法恰当地形容你是怎样一个妻子、母亲和伴侣。你与生俱来的智慧、你的情商、你的同理心和爱的能力，使你成为我在这个世界上的指南针，直到永远。

译后记

其实，她一直都在那里

不来篇译后记吗？编辑问。

我想想怎么写。我答。

此后，我耽搁了一日，故意的，一是，我已经从那种情绪里走出来了；二是，我不愿立刻回去。写到这儿，心口已经开始堵得慌。有人说我有同理心，同理心大概就是，他人喜，我亦喜，他人悲，我也免不了难过。

友人孙智正在他的《句群》里这样写道：“人与人之间就是人间。我们离不开人间，即使你独居或隐居。人间带来喜悦和烦忧，至死方休。我们全都预见了死亡，并在这样的视野里安排着活着。人生所有的问题都在死亡的界定之内，只有一死才能了之。”是的，“我们全都预见了死亡”，只是通常我们预见的是必有一死和寿终正寝，预见不到的是飞来横祸，就像本书作者杰森·格林所说的，“在我们身上发生了本以为只会发生在其他人身上的事。”“一死才能了之”是自己了之，余哀却留给了亲人，这个亲人不只是狭义上的亲人，还有亲近之人，当然，亲人的痛是切肤，乃至刻骨的。

几年前，一个朋友流产，接下来，另一个朋友的儿子夭折，当时我正在读《金瓶梅》，恰好看到潘金莲养的猫——雪狮子，“每日只吃生肉半斤……在房里用红绢裹肉，令猫扑而挝食。一日，不料金莲房中这雪狮子，正蹲在护炕上。看见官哥儿（李瓶儿的儿子）在炕上穿着红衫儿，一动动的顽耍。只当平日哄喂他肉食一般，猛然望下一跳，扑将官哥儿……”官哥儿就这么死了。可以想见，接下来李瓶儿有多痛苦，我也痛苦得将此书搁置了半年。莫说亲身经历，单单作为一个旁观者，想一想都是痛苦的。

接下《再次仰望星空》时，我就知道，把这本书从英文转化成中文将是一个噎完哭、哭完噎的过程，果然，有几次，如鲠在喉，我告诉自己深呼吸；有几次，眼泪也不酝酿一下就掉下来了。世上万般哀苦事，无过死别共生离。李渔说，“世上人不知深浅，都说死别之苦胜似生离，据我看来，生离之惨，百倍于死别。”看来，我就是那不知深浅的，不知将来会怎么想，但此时此刻，我认为死别更痛，尤其是突然而至的。“李瓶儿见小厮们要抬官哥儿出去时，哭着说：‘慌抬他出去怎么的？大妈妈，你伸手摸摸，他身上还热的。’”听了这话，谁受得了。杰森·格林在与两岁的女儿格丽塔永别时，“把头轻轻放在她的胸脯上，感受它的起伏。现在我们在一起的时间既可怕，又宝贵——它的界限清晰明确。接下来的二十四小时的某一刻，我们即使想这样和她在一起也不能够了。”读到这里，眼泪都不是自己的了。爱越深，痛越彻。我喜欢这个叫格丽塔的小姑娘，我甚至不敢多看封底她那张可爱的满月脸。她和我一样，有一种低俗闹剧式的幽默感——屎尿屁幽默感。在她的追思会上，一个叫托亚娜的幼儿园老师讲了一则她的趣事，托亚娜说，“一天，格丽塔在一个朋友旁边玩，那个朋友放了个屁，格丽塔看着我说，‘托亚娜，她的屁股打嗝了！’”这种令人发噱的段落，就像亮点越发衬出周围的暗，更叫人对格丽塔不舍。

我不喜欢沉湎于痛苦，这会让我觉得自己蠢，杰森·格林和他的妻子斯泰西在失去格丽塔后所尝试的一切都是为了从痛苦中走出来，同时把格丽塔以某种方式永远留住，包括捐献她的器官。杰森和斯泰西没有宗教信仰，起初他们对身心灵的态度是模棱两可、犹豫不决、浅尝辄止，他们还会因为无知，开些刻薄的玩笑，而这正透露出他们内心的隐忧：“悲伤把我们变成什么样了？我们是不是与天真、容易受骗，且有意受人蒙骗的人为伍了？”然而，再坚定的无神论者，遇到类似的情况也保不准会“病急乱投医”，渐渐地，他们开始探索一种更灵性的生活，他们只怀着一个目的——和格丽塔保持联系，无论以何种方式。除了找心理医生，他们还买疗愈水晶石，上瑜伽课，希望通过灵媒与死去的格丽塔沟通，参加悲伤互助组，并在一个用烟草催眠的“仪式师”的帮助下在幻象中见到了格丽塔。最后，他们选择再要一个孩子，这次上天送给他们一个男孩——哈里森。

杰森·格林自认天生具有乐观精神。他说，“如果你是为乐观而生的，那就想法子保持乐观。我们不能继续不在乎下去了，即使我们想这样。我们就不是这类人。我突然同情起悲观主义者来了：你们也是情不自禁。”我天性悲观，且不需要同情。我深信，只有悲观到底，心中才能生出乐观。在与这本书相处的过程中，我曾提醒自己：世间唯一“情”字最不能碰，为了自保，必须扫除一切无谓情感，无谓情感在我这里是指所有除却以骨血之情为代表的可有可无的情感。叶嘉莹先生甚至把“杀死”这个动词放在“感情”这个名词前面，以实践儒家的“知命”与“不忧”。叶先生的想法有人生大痛做前提，而我的想法不过是貌似“聪明”，实则企图绕过不得不面对的困境，是对“情”字的看重，是面对“情”时的无奈和怯懦。相对于无限的情，人生太有限，无论长短。然而，躯壳虽隳，灵则万古。有时候，我会想，他有必要费这番周折去寻找格丽塔吗？她本来，一直，且永远都在他心里呀。这就是站着说话不腰疼吧。凡经此类痛苦之人，大概都需要某种或某些东西对其加以引导，正如但丁所言，走上一段隐秘的路，再次回到光明的世界，并看见灿烂的群星。

最后，我想借这一亩三分地的私田说几句私话，感谢青多年的陪伴，并在我译书时给予措辞上的灵感；感谢譞每日与我分享纤微的想法，在觉察与自省中携手做一个更好的自己。

赵文伟